여자들의
여행 수다

여자들의 여행 수다

초판 인쇄 · 2020년 7월 10일
초판 발행 · 2020년 7월 20일

지은이 · 장현숙 외
펴낸이 · 한봉숙
펴낸곳 · 푸른사상사

편집 · 지순이 | 교정 · 김수란
등록 · 1999년 7월 8일 제2-2876호
주소 · 경기도 파주시 회동길 337-16 푸른사상사
대표전화 · 031) 955-9111(2) | 팩시밀리 · 031) 955-9114
이메일 · prun21c@hanmail.net
홈페이지 · http://www.prun21c.com

ISBN 979-11-308-1686-9   03810
값 14,800원

이 도서의 국립중앙도서관 출판예정도서목록(CIP)은 서지정보유통지원시스템
홈페이지(http://seoji.nl.go.kr)와 국가자료종합목록 구축시스템(http://kolis-net.nl.go.kr)에서 이용하실 수 있습니다. (CIP제어번호 : CIP2020028438)

뜻밖의 만남, 낯선 경험, 돌발적인 사건, 그 모든 여행의 매력을 찾아

여자들의 여행 수다

장현숙 정해성 조규남 조연향 최명숙
한봉숙 엄혜자 오영미 이신자

푸른사상
PRUNSASANG

책머리에

여행은 인간의 의지를 뛰어넘는 힘을 가졌다. 구속된 일상에서 벗어나 훨훨 날아가고 싶은 자유에 대한 욕망. 이 순수한 욕망을, 여행은 묘하게 비웃기도 하고 깨뜨리면서, 인간을 해체시키기도 한다. 예기치 않은 사건들, 만남과 이별, 우연의 연속, 권태로움이 솟구치는 일상 사이사이에 단비처럼 내리는 행복, 낯선 곳에서의 신선한 경험, 몸과 마음의 치유 등등, 이 모든 것이 여행의 매력 아닐까.

이 책에는, 여행의 매력을 놓치지 않은 아홉 명 작가들이 '수다'처럼 들려주는 이야기가 담겨 있다. 솔직하고 자유로운 글로 가득하다. 감추거나 꾸미지 않았다. 설렘, 두려움, 실수, 환희 등, 이러한 감정들이 비약이거나 과장이라 할지라도 머뭇거리지 않았다. 일상의 제약 속에서, 알게 모르게 머뭇거렸던 행동과 마음의 물결들. 이제 일상에서 탈주하여 낯선 길 위에서 만난 경험과 감성을 글로 풀어냈

여자들의 여행 수다

다. 그래서『여자들의 여행 수다』는 산사에서 듣는 풍경 소리처럼 맑고 소박하다. 때로는 너울대는 파도의 격랑을 만나 힘들어하다가도 어느덧 고요한 바다가 되어 하늘과 어우러진다.

여행은 일상에서 탈출하여 자연과 교감한다. 뭉게구름이 떠다니는 파란 하늘, 살랑살랑 불어오는 바람과 따뜻한 햇살 속에서, 지친 육신을 나긋나긋 녹여내며 진정한 나를 발견한다. 두려워하지 않고, 남은 생을 혼자서 때로는 더불어 손잡고, 나아갈 힘을 얻는다. 영혼을 응시하고, 서로 따뜻하게 격려하면서. 이렇게 여행은 지친 삶의 등대가 되곤 한다. 또 치유와 자유를 주고 온전히 나를 만나게 한다. 그리고 맨발로 이 땅에 설 수 있는 힘을 준다. 긴 겨울이 지나가고 봄 햇살이 살랑대며 수줍게 얼굴을 내밀듯, 소소한 일상 속에서 두 발을 단단하게 딛고 가는 힘을, 자연과 교감하면서 얻게 된다.

여행은 때로 예기치 않은 사건과 만나게도 한다. 코로나 사태로 집 밖의 일상이 정지된 삶, 매일 몇 명이 확진되는지 수치로 확인하는 일로 시작해, 한숨과 긴장감이 동시에 몰려오는 경험도 한다. 또 이국 땅 어느 공항에서 인솔자를 놓쳐 혼자 남게 되는 일, 방향 감각을 잃고 말도 통하지 않는 그 상황에서, 모든 게 막연하고 호흡이 가빠지는 경험은 없었을까. 정신을 가다듬고 마음을 다지며 방법을 찾을 때, 차곡차곡 쌓였던 지혜가 빛을 발하고, 나갈 길이 보였던 경험 말이다. 이 때문에 내면이 단단해져, 광야 같은 인생에서 뚜벅뚜벅 자기의 길을 가게 되리라.

여행은 영원한 낯섦을 향해가는 노정이다. 그 노정 속에 신선한 매력이 숨 쉰다. 실크로드 긴 사막이 그리움으로 끝날 수 있었던 것도, 완벽했던 삶의 평안과 균형을 상실하고, 잊어버렸던 여행을 다시 회복한 것도, 여행이 주는 그 낯섦을 지향한 때문이리라. 세계적인 대문호 톨스토이의 생가와 소박한 그의 무덤, 붉은 광장을 가득 메운 활기차고 여유로운 사람들, 문화의 도시 상트페테르부르크와 거기 잠든 예술가들, 모두 낯섦을 향해 가는 노정 속에서 만나게 된다. 큰 인형 속에 작은 인형, 그 속에 더 작은 인형이 들어 있는 러시아 전통 인형 '마트로시카'처럼, 노정 속에 숨 쉬는 매력을 끊임없이 보여주는 여행.

여행은 꿈이다. 일상은 의무이고, 관계는 피로하다. 일상을 장악하고 있는 일들이 성취감과 자존감을 가져다주기도 하지만, 반드시 해야만 한다는 의무감과 책임감은 사람을 구속한다. 그럴 때 잠시 꿈꾸는 것이 바로 여행이다.

여자들의 여행 수다

전망 좋고 운치 있는 장소에서 아무런 생각 없이 저물어가는 일몰을 바라보며, 그 아름다운 풍경의 일부가 되기를 꿈꾼다. 바닷바람에 옷깃을 나부끼며 끝없는 수평선을 바라보고, 약동하는 심장의 소리와 생의 외침을 듣는 시간을 꿈꾼다. 그래서 여행은 꿈 그 자체이다.

여행은 잃어버린 시간을 찾아 맞추는 퍼즐이다. 지난 시간 속에 있었던 에피소드와 다양한 감정을, 몇십 년 세월 저편에서 고스란히 불러내 재현시키기도 한다. 여행의 추억은 그렇게 잃어버린 시간을 되찾아, 풍성한 오늘을 만든다. 버리지 않아도, 언젠가 다 떠나가는 것들, 혈육이나 시간, 그리고 삶의 궤적들에 대한 미묘한 감정까지. 심지어 어느 여행지에서, 선조의 유전자를 내포하고 있는 작은 세포 하나가, 몸 어느 한 귀퉁이에 웅크리고 있다가, 비로소 기지개를 켜는 것 같은 느낌과 처음 디딘 공간이 익숙한 공간처럼 다가오는 기이한 경험. 이것 또한 잃어버린 시간을 찾아 맞추는 퍼즐일까.

여행의 묘미는 만남으로 이어진 인연이다. 만남이 현실로 이어져 좋은 관계로 유지된다면, 그것이 일상에서 맛보는 천국일지도 모른다. 익명의 룸메이트, 하지만 그 룸메이트가 너무도 촘촘한 인생의 그물코에 함께 걸린 인연이

라면. 또 아는 사람과의 우연한 만남. 생면부지의 사람에게서 받은 도움의 손길. 비단 사람에게뿐이랴. 에티오피아에서 만난 원숭이들과 인도네시아에서 만난 오랑우탄. 이 만남 안에서 사람의 삶과 모습을 들여다보며 애정을 갖기도 한다. 이 또한 사람의 의지만으로 가능하지 않은, 특별한 인연이지 않을까.

여행은 관계를 재발견하게 한다. 함께 떠난 여행에서 관계가 소원해지는 경우가 있다. 가족관계에서든 친구관계에서든 희생과 배려 없이 좋은 관계를 유지하기 어렵기 때문이다. 꽃을 가꾸듯 성실하게, 서로에게 사랑과 관심의 물을 주어야 하는 게 관계이다. 행복한 여행을 하려면, 동행하는 사람들끼리 희생과 배려에 겸손한 마음이 더해져야 한다. 그러한 마음으로 여행을 하면, 여정에 찾아오는 모든 시간과 새로이 만난 인연들이, 의미 있고 소중한 것으로 다가오리라.

여행의 뒷모습은 그리움이다. 여행이 끝났을 때, 오랜 세월이 흐르고 난 후, 수없이 재생시켜 늘어진 녹음테이프처럼, 느릿느릿 그러나 선명하게, 그날들이 떠오르고 그리움으로 울컥하게 한다. 10년 전에 떠나버린 아버지와 함께한 여행을, 아직도 어머니가 가장 행복했던 여행으로 기억

여자들의 여행 수다

하는 것도, 이렇게 글로 여행 수다를 늘어놓는 것도, 모두 그리움 때문이다. 갑작스런 상황에 당혹스러웠던 것, 원활하지 않은 일정에 두려웠던 것, 마음껏 누렸던 자유로움, 맛있는 음식으로 몸도 마음도 기꺼웠던 행복감, 아름다운 환경과 좋은 사람들과 만남, 모험과 호기심 등, 모든 것들에 대한 그리움, 이것이 여행의 뒷모습이다.

이 책에 담고자 한 것은, 여행 정보나 견문이 아니고, 이렇게 아롱다롱한 사람들의 이야기다. 여정의 골짜기에 숨어 있는 작은 숨결들에 의미를 두었다. 작가들마다 삶의 무늬와 마음의 무늬가 다르므로 아롱다롱할 수밖에 없다. 그래서 더 다양하고 아름다운 문채(文彩)가 나리라 기대한다. 사진을 함께 실은 것은, 독자와 세미한 부분까지 소통하고 싶은 소박한 마음에서다.

인간의 의지를 뛰어넘고 새로운 꿈을 꾸며 자유를 만끽하는 여행, 그리움으로 재현되고, 영원한 낯섦을 향해 가며 숱한 매력을 가진 여행, 여행들! 세상 모든 여행을 위해, 건배!

2020년 7월
글쓴이들

차례

여자들의 여행 수다

Chang Hyun Sook

장 현 숙

칼랄라우의 하늘과 바다에서, 다시 길을 찾다

쌍무지개 뜨는 마우이에서 진정한 친구가 되다

장현숙

포항에서 태어나 경주에서 성장하다 서울로 이주하였다. 내 문학적 토양은 경주에서의 추억에서 비롯된 듯. 이화여고 시절에는 음악 듣기와 그림 전시회를 즐겼다. 경희대학교 국어국문학과에서 황순원 선생님을 만났다. 현재 가천대학교 한국어문학과 교수. 여전히 유유자적 여행하기를 좋아하고 발밤발밤 걸어 자유를 지향하고 있다. 탈일상을 꿈꾸면서. 저서로『황순원문학연구』, 편저로『황순원 다시 읽기』『한국 소설의 얼굴』(18권) 등이 있다.

칼랄라우의 하늘과 바다에서
다시 길을 찾다

긴 겨울 내내 나는 길을 잃었
다. 왜 살아야 하는지, 무엇을 위해 살아야 하는지, 어떻
게 여생을 살아가야 하는지, 가족에게 나는 어떤 의미가
있는 것인지, 나에게 가족은 어떤 의미가 있는 것인지 되
묻곤 했다.

무기력하고 우울한 긴 터널 끝에 코로나까지 나를 가
로막고 있었다. 하와이로 가는 길은 멀고 또 멀었다. 공
항과 비행기의 방역망을 뚫고 8시간 만에 호놀룰루 공항
에 도착했다.

Alo~ha! 서로의 존재와 생명의 숨결을 함께 나눈다.

엄지손가락과 새끼손가락을 편 채 가운데 세 개의 손가락을 접고 어깨를 번쩍 들어 인사한다. 조건 없이 사랑하고 서로 화합하며 존중한다는 의미를 담고 있다. 말하지 않아도 알 수 있고 보이지 않아도 볼 수 있다는 상호 간의 이해를 의미한다. 이것이 하와이언들의 인사법이다.

Alo~ha! 가이드인 이 팀장님은 플루메리아로 만든 꽃목걸이 레이를 목에 걸어주었다. 구름이 뭉게뭉게 떠다니는 파아란 하늘, 살랑살랑 불어오는 바람과 따뜻한 햇살, 이름 모를 풀들과 새들의 지저귐은 순식간에 지친 육신을 나긋나긋 녹여내기에 충분했다. 천사처럼 해맑은 미소와 조금 과장된 표정과 제스처로 우리를 웃겨주고, 반겨주고, 지친 마음에 위로를 주려고 애쓰는 이 팀장님 덕분에 행복한 여행이 시작되었다. 킹 카메하메하 동상 등 시내 관광을 마치자, 이 팀장님은 예정된 햄버거 대신 밥 위에 참치를 올려 비벼 먹는 포케볼을 먹도록 배려해주었다. 오아후 섬을 한 번에 볼 수 있는 탄탈루스 언덕 전망대에 올라 나는 하늘로 두 손을 번쩍 들어 올리며 찰칵 사진 한 장을 남겼다. 이 팀장님이 찍어준 사진들은

여자들의 여행 수다

한 장 한 장 예술사진이 되었다. Mahalo! 고맙습니다.

다이아몬드 헤드를 끼고 와이키키의 반대쪽에 위치해 있는 하와이의 베벌리 힐스, 카할라 고급 주택을 거쳐 중국식 랍스터 요리를 먹고 호텔 체크인을 했다. 호텔 LA CROIX.

2일째는 자유 시간. 파인애플, 망고, 파파야, 오렌지 등 과일이 풍성한 호텔 조식을 마치고 침대에 뒹굴면서 오랜 비행의 여독을 풀었다. 점심에는 지인에게 소개받은 일식집(와사비 비스트로)에서 가리비와 버섯으로 만든 요리와 생선들을 먹고 와이키키 해변으로 출발했다.

나는 룸메이트에게 호텔을 거쳐 해안가로 가자고 했다. 해안가 호텔에는 비치로 가는 길이 잘 정비되어 있다. 또한 휴식할 수 있는 소파 등 편의시설을 이용할 수 있고 볼거리가 많다는 것을 경험으로 잘 알기 때문이다. 나의 예상대로 해안가에 면해 있는 수영장에는, 푸른 바다를 보며 수영하는 사람들의 행복한 웃음이 넘실대고 있었다. 태평양의 짙푸른 바다에 코발트 빛 하늘이 닿아 햇살에 반짝반짝 빛나고 있었다. 넘실넘실 곡예 춤을 추는 서퍼들과 요트들이 점점이 흘러 다니고 있었다. 무심히 흘러 다니는 요트처럼, 우리네 삶도 그렇게 무심하고 평온하게 흘러간다면 얼마나 좋을까.

와아! 우리도 저 수영장에 풍덩 뛰어들어볼까? 겉옷 속에 수영복을 입었으니. 투숙객처럼 비치 선베드 하나씩 차지하고. 깔깔깔. 결국 나의 신분과 체면 때문에 수영장 이용은 포기했다. 1시간에 20달러를 지불하고 파라솔과 비치 선베드를 빌렸다. 수영을 못하는 나는 그래도 태평양의 바다를 즐기기 위해 엉금엉금 바닷속으로 기어들어 갔다.

바닷물은 적당히 따뜻했고 하늘은 드넓고 평온했다. 바닷물에 둥둥 떠서 바라보는 하늘은 그저 무연히 맑았다. 존재는 무겁고 하늘은 가볍다. 왜 아름다운 풍광을 보면 문득, 눈물이 나는 걸까. 의자처럼 생긴 튜브를 타고 둥둥 떠다니는 여자들을 보며 나는 용기를 내었다. 가슴 깊이까지 차는 바다로 들어갔다. 나도 하늘을 향해 둥실둥실 부력을 이용해 떠올랐다. 부력에 의해 나긋나긋

여자들의 여행 수다

너울대는 팔과 다리처럼 나의 마음바다도 평화와 행복감으로 서서히 충만해지기 시작했다.

그래. 작가 김형경은 그의 소설『세월』에서 말했다. "바다 앞에서는 절망하지 말 것" "바다 앞에서는. 바다만큼 많은 희망의 태양을, 바다만큼 많은 허무의 풍랑을, 바다만큼 많은 생물을 키우는 박애를 제 안에 가지고 있는 자가 있는가. 그러므로 바다 앞에서는 그 무엇에 대해서도 말해서는 안 된다. 바다 앞에서는 침묵하여야 한다"라고. 그래, 맞아. 그렇지. 여전히 반짝반짝 빛나는 바다를 두고 나는 바람 소리와 파도 소리를 떠나보냈다.

나는 와이키키 끝자락에 있는 울프강 퍽 레스토랑으로 갔다. 여행사에서 준 기프트 쿠폰으로 햄버거와 피자를 시켰다. 햄버거를 싫어하는 나이지만 맛있게 먹었다. 피자는 양이 많아 거의 남겼다. 양이 이렇게 많을 줄 알았다면 한 가지만 시킬 것을. 굶주리는 사람도 많은데. 미국에서도 노숙자들은 공원에서도 잠을 잔다. 기아와 가난은 이 세계 곳곳에 만연해 있다. 다만 사람들이 무신경

모자섬

할 뿐.

　3일째는 중국인의 모자를 닮았다는 모자섬에 도착했다. 그런데 갑자기 비바람이 몰아치더니 나의 모자를 날려버렸다. 아, 내 모자! 모자는 바람에 날려 바다 쪽으로 날아가더니 바닷물에 둥둥 떠 흘러가기 시작했다. 아끼는 모자가 바다로 흘러들어가자 나는 해안가를 향해 마구 뛰었다. 비바람에 우산이 꺾어지고 있었다. 그때 마침 이 팀장님이 구두를 벗고 바다로 달려가서 내 모자를 잡아주었다. 정말 아끼는 모자인데 잃어버릴 뻔했다. 상실 후에는 더 큰 기쁨이 찾아온다. Mahalo! 이 팀장님. 고맙다, 내 모자야. 나는 여행 후기에서 이 팀장님에 대한 고마움을 쓰기로 마음먹었다.

　비바람이 키 큰 야자수의 허리를 거세게 훑으며 지나가고 있었다. 바다와 섬이 어두운 회색빛 구름에 싸여 먼 겨울바다처럼 고적해지고 있었다. 그런데 모자섬은 검은 목탄으로 그린 듯, 흑백사진인 듯, 청회색 바다 위에 의연하게 떠 있었다. 와아! 멋있다. 찰깍. 우리네 삶에도 어찌 비바람이 불지 않으리. 그저 모자섬처럼 비바람을 의

연하게 견디며 서 있으면 그뿐인 것을. 모자섬을 떠나자 다시 날이 개었다. 이 또한 지나가리니. 세상 이치가 다 그렇지 않을까.

〈쥬라기 공원〉〈로스트〉 등 영화 촬영지로 유명한 쿠알로아 랜치는 새로운 신세계를 보는 듯 웅장했다. 푸른 초원도 있었다. 검은 어미 소의 젖을 빨아먹는 아기 소의 사랑스러운 모습에 웃음이 나왔다. 6륜 스위스 군용 차량을 타고 정글 코스를 탐험하는 마운틴 투어 후 카후쿠 푸드 트럭에서 새우덮밥을 먹었다. 하얀 꽃을 피운 나무 아래에서 떨어진 꽃이 향내를 풍기고 있었다.

4일째, 나는 카우아이로 향하는 비행기를 타기 위해 새벽 일찍 숙소를 나섰다. 카우아이는 관광객이 갈 수 있는 하와이의 여섯 개의 섬(오아후, 카우아이, 몰로카이, 라나이, 마우이, 빅아일랜드) 가운데 가장 위쪽에 위치해 있다. 영화 〈디센던트〉에서 조지 클루니가 하날레이 베이를 달리던 그곳, 영화 〈식스 데이 세븐 나잇〉에서 자주 등장했던 나팔리 코스트는 사람이 접근할 수는 없지만,

여자들의 여행 수다

병풍처럼 주름진 수많은 산봉우리들이 짙푸른 바다와 어우러져 최고의 비경을 자랑한다. 나는 '태평양의 그랜드 캐니언'이라 불릴 정도로 경치가 아름다운 와이메아 캐니언 전망대에 올랐다. 강물이 침식해 붉은색과 녹색, 푸른색과 회색을 띠는 협곡이 아름다운 용암층을 만들어내었다. 얼마나 비바람과 세월을 견뎌야 저렇게 고색창연한 빛깔을 안을 수 있을까.

드디어 칼랄라우 전망대에 도착했다. 나는 그곳에서 하늘과 바다가 어우러져 빚어내는 최고의 비경을 보게 되었다. 오른쪽으로는 영혼을 맑게 해준다는 나팔리 코스트의 칼랄라우 계곡이 멋진 자태를 길게 뽐내고 있었다. 앞쪽으로는 순연한 파아란 하늘이 쪽빛 바다에 비춰지고, 바다는 하늘에 닿았음에도 그들에게는 경계가 없었다. 바다와 하늘의 멋진 하모니. 하늘과 바다가 서로에게 풀려들며 빚어내는 빛깔은 투명한 하늘빛, 아득한 바다 빛 그것으로, 몽환적인 신비, 침묵의 향기, 멘델스존의 〈무언가〉를 연주하고 있었다. 자신의 존재를 모두 비워내고 상대의 영혼 속으로 들어가는 황홀경 같은, 그런

비현실적인 아름다움이었다. 내 영혼도 그 맑은 빛에 싸여 투명하게 풀려 들었으면 좋겠다. 내가 황홀경에 취해 아득해지려 할 때, 구름이 몰려와 곧 그 비경을 덮었다. 가이드는 칼랄라우 비경은 아무나 볼 수 없다고 말했다. 열 번에 한 번 볼까말까 한 경관이라고 한다. 안개와 비 때문에. 아마도 여러분은 이 세상에서 아주 많은 덕을 쌓으셨나 보다고 칭찬했다. 참, 나는 여행 날씨 복은 정말 좋아. 나 때문인 줄 알아. 으스대며 룸메이트에게 자랑했다. 하하하. 칼랄라우 전망대에서 본 비경만으로도 오늘 카우아이 여행은 백프로 만족이다. 룰루랄라. 고 홈.

행복한 하루였다. 인간은 누구나 행복할 권리가 있다. 행복은 하늘처럼 바다처럼 공평하다. 조두레박 신부님은 "내가 바라보고, 내가 생각하는 것이 문제입니다. 그래서 문제의 답은 내 안에 있습니다. 내 탓입니다"라고 말씀하셨다. 그렇지. 결국 행복도 불행도 내 마음 안에 있는 것이다. 가끔은 산에 오르다가도 잠시 그 자리에 멈추어 뒤돌아서서 지나온 풍경을 되돌아보아야 한다. 그래야 지

여자들의 여행 수다

나온 길이 온전히 보이고 앞으로 나아가야 할 길이 뚜렷이 다시 보인다. 인생에서 쉬운 길은 없다. 다만 최선을 다해 살아가려고 하고, 가능하면 단순하게 느리게 가볍게 살아가려고 노력할 뿐. 하늘처럼 비우고 비워 새털처럼 가볍게 살기. 바다처럼 내 안에 박애와 생명을 키우며 살기.

오늘, 칼랄라우 하늘과 바다에서, 다시 나는 나의 길을 찾았다. 나는 두려워하지 않고 나의 남은 생을 혼자서 때로는 더불어 손잡고 나아갈 것이다. 내 영혼을 응시하면서, 자주 따뜻하게 격려하면서. 이렇게 여행은 지친 나에게 삶의 등대가 되어주곤 한다. 힐링과 자유를 주고 온전히 나를 만나게 해준다. 그리고 맨발로 이 땅에 설 수 있는 힘을 준다.

드디어 긴 겨울이 지나가고 봄 햇살이 살랑대며 수줍게 얼굴을 내밀고 있다. 나도 봄빛 가득한 하늘을 바라본다. 지금, 나는 소소한 일상 속에서 두 발을 단단하게 딛고 나의 길을 가고 있다.

Mahalo! 고맙습니다. 신께 감사하고 나에게 감사한다. Alo~ha!

쌍무지개 뜨는 마우이에서
진정한 친구가 되다

　　　　　　　　　　나는 4일 동안 오아후와 카
우아이를 둘러보고 숙소로 정한 학교 기숙사에 들어갔
다. 기숙사는 와이키키에 가까운 곳에 위치해 있고 교통
이 좋은 편이었다. 그런데 룸 청소가 제대로 안 되어 있
었다. 룸메이트는 "어차피 슬리퍼 신을 건데 그냥 지내지
뭐"라고 말했다. 순간 나는 그녀를 째려보고는 걸레를 짜
서 건네주었다. "방 청소 깨끗이 해. 나는 싱크대와 화장
실 청소를 할 테니."

　그녀는 발로 청소를 하기 시작했다. 나는 모른 척 내버
려두었다. 나도 가끔 그럴 때가 있으니. 집에서도 안 하

는 화장실 청소를 하와이까지 와서 해야 하다니. 나는 그녀의 청소가 미심쩍어 나 역시 발로 다시 한번 바닥을 닦았다. 땀을 흘리며 한바탕 청소를 하고 나니 온몸이 쑤신다. 바퀴벌레 퇴치 약을 현관과 베란다 쪽에 뿌린 후에야 침대에 누웠다.

이제 좀 살 것 같다. 침대에서 바라보는 야자수와 푸른 하늘이 상쾌했다. 룸메이트는 우리 학교에 재직하고 있는 유일한 여고 동창생이다. 무척 소중한 인연인데 그동안 가까이 지내지 못하다가 우연히 이번 하와이 여행을 함께 하게 되었다. 룸메이트와 나와는 공통점이 있다. 추위를 타는 점, 빵보다는 밥을 좋아하고 잠이 많다는 점. 여행 중에는 더위를 타는 사람과 추위를 타는 사람이 같이 룸을 쓰면 힘이 드는데 천만다행이다.

내일은 마우이를 가야 하니 종일 몸 관리하면서 쉬어야 한다. 둘 다 수면제를 먹고 수면 음악을 틀어놓고 잠을 청했다.

여자들의 여행 수다

다음 날, 새벽 일찍 일어나 누룽지로 대충 식사를 하고, '가자 하와이'가 배정해준 셔틀버스를 타고 공항으로 출발했다. 여자의 얼굴과 가슴처럼 생긴 마우이는 순수한 자연과 현지인의 삶을 그대로 만나볼 수 있는 섬이라고 한다. 그리고 세계 최대의 휴화산 '할레아칼라'를 품고 있다.

나는 먼저 '이아오밸리 주립공원'으로 향했다. 가이드 말에 따르면, 하와이는 적도에 있어서 뱀이 없다고 한다. 대신 희귀 동식물이 많은데, 하와이 거위라 불리는 '네네'와 '은검초(실버스워드)'가 있다고 한다. 은검초는 마치 고슴도치처럼 생겨서 뾰족뾰족 은가시가 돋아 있다. 은검초는 50년을 사는데, 죽기 직전에 단 한 번 꽃을 피운다고 한다. 은검초는 누구를 위하여 희생하고 견디다가 단 한 번 꽃을 피우고 죽어갈까. 어쩌면 희생과 견딤이 아니라, 그 스스로 열정적으로 살다가 행복의 절정에서 꽃을 피우고 스스로 소멸하는 것은 아닐까. 자연은 참으로 신비하다. '프로테아쿨라'는 가지가 잘려 꽃병에 꽂혀야 비로소 향내가 난다고 한다. 죽어야 스스로 향내를

여자들의 여행 수다

피우는 식물. 스스로 비우고 버려야 아름다운 향내를 피울 수 있는 우리네 삶과도 닮아 있다.

'우프 물고기'는 폭포 꼭대기에서 태어나 135미터 폭포를 타고 바다로 갔다가 다시 폭포 꼭대기로 회귀하는 신비한 물고기라 한다. 이들은 자신들이 태어났던 곳으로 거슬러 올라가 그곳에서 알을 낳고 죽는다. 마치 연어처럼. 이들은 바위에 붙어 있다가 폭포로 올라가는데 20프로는 떨어져서 죽는다고 한다. 우프 물고기는 그들의 고된 여정을 끝내고 새끼에게 자신의 모든 것을 다 내어주고 스스로 장엄하게 소멸해간다. 이렇게 인간을 포함한 모든 생물들은 새끼를 위해 자신의 모든 열정과 에너지를 아낌없이 쏟아놓는다. 그래서 모성은 위대하다.

드디어 나는 승용차로 바꾸어 타고 할레아칼라로 향했다. '태양의 집'이라 불리는 할레아칼라로 올라가는 길은 마치 지상에서 천상으로 진입하는 길과 같았다. 유칼립투스, 아베크론비, 몽키테일 팜 트리가 빼곡한 숲길을 지났다. 그곳을 지나니 초원이 연녹색으로 단장하고 풋풋

한 숨결을 내뿜고 있었다. 아, 상쾌해.

할레아칼라로 오르는 길에서 나는 은검초를 보았다. 은검초는 길게 줄기가 솟아올라 잎을 떨구며 지고 있었다. 다시 고지로 올라가니 용암이 흘러내려 쌓인 잿빛 암석들과 작은 돌들로 이루어진 검은 산자락에 닿아 무한대로 펼쳐진 코발트 빛 하늘이 눈에 들어왔다. 광활한 푸른 하늘과 뭉게뭉게 떠 있는 흰 구름의 경계에 짙은 회갈색 능선이 대비되어 더욱 아름다웠다. 우주의 그림. 나는 문득 의미 없이 박정만 시인의 「종시」 한 구절, "나는 사라진다. 저 광활한 우주 속으로"를 읊어보았다. 그때 문득, 투명하게 시린 푸른 하늘을 배경으로 놓여 있는 바위 하나가 내 시야에 들어왔다. 그 바위가 오래 잔상으로 남았다.

이어 칼라하쿠 전망대에 오르자 용암이 넘쳐흘러 굳어진 암석들이 넓게 퍼져 분화구를 이루고 있었다. 그때 갑자기 구름이 몰려오기 시작했다. 그래서 거대한 분화구를 측면에서밖에 보지 못해 아쉬웠다.

이곳은 새벽에 오면 수많은 별들의 잔치와 일출을 한

여자들의 여행 수다

꺼번에 볼 수 있다니 다시 한번 꼭 찾아오고 싶다. 언젠
가는.

할레아칼라를 내려오면서 나는 숲속에서 몸을 누이고
쉬고 있는 '네네'를 보았다. 마치 기러기처럼 생겼다. 네
네를 볼 수 있는 것도 큰 행운이라고 가이드는 말했다.
갑자기 비가 한두 방울씩 내리기 시작하더니 다시 어

느덧 개어 있었다. 그때 와아! 쌍무지개! 쌍무지개가 떴다. 평생 처음 보는 쌍무지개. 이편 무지개에는 안쪽에서 빨강이 수줍은 듯, 저편 무지개에는 바깥쪽에서 빨강이 자태를 뽐내고 있었다. 마우이의 쌍무지개는 어렸을 적 읽었던 『쌍무지개 뜨는 언덕』을 연상시켰다. 영원히 잊지 못할 것 같다.

다음 날, 느긋하게 일어나 침대에서 뒹굴다가 룸메이트를 위해 와이키키로 향했다. 룸메이트는 바다를 보는 것이 좋다고 했다. 다시 찾은 할레쿨라니 호텔. 이 호텔에서는 바다가 잘 보인다. 푸르른 수평선이 길게 보이는 곳에 자리를 잡고 립아이와 로코모코를 주문했다.

바다를 보며 룸메이트는 자신의 지나온 삶에 대해 담담하게 이야기했다. 그녀에게는 딸이 있는데 단 한 번도 도시락을 싸준 적이 없다고 한다. 그럼 누가 쌌어? 나는 놀라 눈이 동그래졌다. 친정엄마가 싸주셨어. 그녀의 말을 들으니, 그녀는 부모 복이 엄청 많았던 것 같다. 친정엄마가 돌아가실 때까지 은행을 가본 적이 없단다. 그런

여자들의 여행 수다

데도 그녀의 딸은 이 세상에서 자기 엄마가 최고 훌륭하다고 생각한단다. 그래서 항상 최고로 대접해준다고 한다. 나도 부모 복은 적지 않다고 생각해왔지만, 참……그저 할 말을 잃었다.

나는 명절이면 이틀 전부터 시댁에 가서 일하고 명절 다음다음날 친정에 가곤 했다. 어느 날 시댁에서 일하고 온 뒤 친정에서 설거지하는 나를 보더니, 아들이 "엄마는 박복해"라고 말해서 한바탕 웃었던 기억이 난다. 철없어 보이는 아들도 고모에게 "이 세상에 우리 엄마 같은 사람 없어요"라고 했다니 조금 위안은 된다.

룸메이트는 결혼 초기 남편의 사업자금을 대어달라고 친정집 처마 밑에서 몇 시간 동안 비를 맞으며 서 있었다고 했다. 순간 나는 그녀를 따뜻하게 보듬어주고 싶어졌다. 남편에 대한 그녀의 맹목적인 사랑이 예뻤고, 그녀의 철없음에 웃음이 나왔다.

누구에게나 지나온 자신의 삶에는 아픔과 상처가 있기 마련이다. 그녀는 지금 행복하다고 했다. 여행 와서 수면제를 먹어서 잠도 잘 자고 먹기도 잘 한다고. 그동안 여

행 가면 잠을 잘 자지 못해 여행이 즐겁지 않았는데, 이
제는 여행을 잘 할 수 있겠다고 신나 했다. 그녀는 정말
과일을 엄청 잘 먹었다. 바나나, 파인애플, 파파야, 망고
를 순식간에 해치웠다. 건강이 약한 그녀를 걱정했는데
오히려 내가 더 비실거렸다.

여행을 떠나기 전, 그녀는 나에게 툴툴거렸다. 메일로
보내준 항공권과 일정표를 인쇄하라고 했더니, 이렇게
복잡한 여행은 처음이라고 말했다. 나는 어이가 없었다.
내가 처음부터 끝까지 학교와 여행사에 전화해서 일정을
짜고 모든 서류를 구비하고 했는데. 나도 기분이 상해,
넌 뭘 했는데? 하고 되물었다. 그리고 그녀와 여행하기로
한 것을 후회하기 시작했다. 은근히 그녀가 여행을 포기
해주기를 기다렸다. 그러나 그녀는 끝내 여행을 포기하
지는 않았다.

여행 떠나기 전에 툴툴거렸던 그녀가 고맙다고, 일정
짜느라 수고했다고, 백 프로 이상 만족한다고 칭찬해주
었다. 나도 그래? 잘 되었네, 하고 웃어주었다. 정말 다행
이다. 서로 공감의 폭이 넓어졌나 보다.

여자들의 여행 수다

어느새 귀여운 참새 세 마리가 날아와 테이블 위의 빵과 과자를 쪼아 먹고 있었다. 하와이에는 참새가 많다더니 레스토랑에 정말 참새가 많았다. 먹이가 많아서일까. 나는 참새가 사랑스러워 쫓아내지 않고 계속 먹도록 그냥 두었다. 짹짹거리는 참새 소리, 파도 소리, 햇살에 반사되어 빛나는 은빛 물결. 그래 참새도 행복해야지. 나도 이 순간 행복해야지. 그녀도 행복해야지. 우리 모두 행복해야지. 이 순간이 가장 소중하잖아. 복잡한 생각은 내려놓고 단순하게 살기. 언제 보아도 좋은 바다와 작별하고 호텔을 나섰다.

저녁에는 그녀가 생전 처음 만들었다는 멸치볶음, 오징어볶음과 김, 김치, 햇반으로 식사를 했다. 이거 왜 만들어 왔어? 힘들게. 네가 김치 가지고 온다고 해서 만들어봤어. 나는 생전 처음으로 멸치볶음을 만들었다는 그녀의 말을 듣고 깔깔 웃었다. 생각보다 잘 만들었는데? 그녀도 나름 이 여행을 위해 애썼나 보다.

그녀는 말했다. 우리 집도 가까우니 일주일에 한 번 만나서 같이 걸을래? 그러자, 하고 나는 선뜻 말했다. 그녀

가 나에게 손을 내밀었다. 나도 그녀의 여윈 손을 맞잡아 주었다.

　며칠 전, 껍질째 먹는 사과를 딱지가 붙은 채 씻어 와 서 내가 말했다. 아니 이거 본드 묻었는데 안 떼면 어떡 해? 그녀는 무서워! 하고 말했다. 뭐가 무서워? 나 이런 야단 처음 들어. 아! 맙소사. 나는 그만 입을 다물어버렸 다. 그랬던 그녀가 지금, 자기는 덕분에 행복하다고, 고 맙다고 인사를 했다. 나는 그녀의 순한 눈망울을 보며 미 소 지었다.

　그렇다. 가족관계에서든 친구관계에서든 희생과 배려 없이는 좋은 관계를 유지하기 어렵다. 나아가 꽃을 가꾸 듯이 성실하게 서로에게 사랑과 관심의 물을 주어야 한 다. 그래, 그동안은 소원하게 지냈지만 우리도 좋은 친구 가 되자.

　내일 빅아일랜드에서는 분명 녹색 바다거북이와 노란 물고기 '후무후무누쿠누쿠아푸아아'를 보게 되리라. 마 우이에서 쌍무지개를 보았듯이. 왜? 나는 럭키하니까.

　잘 자, 친구.

Jeong Hae Seong

정 해 성

실크로드, '여행'과 '삶'을 향한 담시곡

여행, 영원한 낯섦을 향하여

정해성

부산에서 태어났다. 부산대학교 국어국문학과를 졸업하고, 같은 대학원에서 문학
박사 학위를 받았다. 『문체 연구 방법의 이론과 실제』 『장치와 치장』, 『매혹의 문
화, 유혹의 인간』 등의 저서가 있다. 부산대에서 문체교육론, 현대소설론, 문학개
론, 문예비평론 등의 과목을 강의했고, 현재 문화평론가로 활동 중이다.

실크로드, '여행'과 '삶'을 향한 담시곡

'여행'의 회복을 위한 전주곡

오랜만의 여행다운 여행이었다. 나의 20대는 '낯선 장소와 낯선 언어, 낯선 사람들 틈에서 머리카락을 휘날리'고 싶은 내면의 욕망이 언제나 간절했던 때였다. 그때마다 난 일상의 의무와 관계를 스스로 유기한 채, 가슴과 삶, 그리고 젊음의 부름에 성실히 응답했다. '이곳'의 삶에서 주어지지 않는 행복과 갈망의 실체는 언제나 '저곳'엔 존재할 것 같았고, 난 그 실체의 끄트머리라도 붙들고 싶었다. 겁 많고, 소심하고, 내성적인 성격에도 불구하고 언제나 홀로 떠났다. 하늘을 향해 날아가는 비행기 안에

선 「날개」의 '나'가 그렇게 외쳐보고 싶어 했던 '날자! 날자! 날자!' 내면의 절규를 되새기며, 혼의 안식처를 향하곤 했다.

떠나기 위해 치른 대가가 클수록, 풀어야 할 내면의 과제가 많을수록, 여행에 대한 갈망과 기대가 강할수록 여행은 나에게 많은 축복을 가져다주었다. 거리의 벤치 하나, 뜨겁게 작렬하는 강렬한 햇살, 공원에 묵묵히 세워진 동상들, 초상화를 그리고 있는 화가의 눈길, 거리의 악사들 앞에 놓인 동전들, 심지어는 맥도날드에서 먹었던 햄버거조차도 낯선 이야기를 건네고 있었고, 난 묵묵히 그 음성을 가슴 깊이 새겼었다. 잠시나마 머문 곳을 떠날 때마다 연인에게 이별을 고하는 용기와 단호함이 필요했고, 떠나는 열차를 기다리는 플랫폼에선 안타까움과 쓰라림의 눈물을 흘리곤 했다. 모든 여정을 마감하고 일상으로 돌아갈 때면 상실감에 미칠 지경이었고, 돌아오면 한동안 눈빛이 공허해지기도 했었다.

30대에 들어서면서 생의 안정과 행복을 얻은 대신 '여행'을 잃었다. 20대와 마찬가지로 매번 떠나는 여행이었지만, 감동과 탄성도 변하지 않았지만, 더 이상 절박함이 없었다. 그러기에 여행은 지식의 축적 및 추억의 확인 과정이 되고 말았다. '그래! 전에 여기 왔을 때 그랬었지!' 이런 식이었다. 그럼에도 불구하고 안타까움도 아쉬움도 없었다. 어차피 베토벤도 고흐도 못 될 범인에 불과한 내 삶이라면, 고독과 방황, 주체 못 할 감수성 대신 평안 속에 내 자신과 내 삶을 자리매김하고 싶었다. 나아가 한 개인의 평안한 마음과 충만한 삶은 고흐나 베토벤의 예술적 성과와 다른 맥락으로 소중한 것이라는 생각을 하기도 했다.

태양과 사막의 부름, 무언가

실크로드 여행은 실로 오랜만의 '여행'이었다. 모든 것이 낯설었다. 행선지도, 기후도, 일행도…… 모든 것이 낯설었다. 그 낯섦으로 인한 설렘은 이번 여행에 대한 일종의 예시였다. 시안-란저우-자위관-주취안-둔황-우루무치의 실크로드 일정이다. 일행 중 아는 사람이 전혀 없다는 사실은 낯가림 심한 나를 고려해볼 때 염려가 되기도 했다. 그러나 조금도 망설임 없이 참가 신청을 하고 여행 준비를 했다. 그만큼 사막에 대한, 내리쬐는 태양에 대한 열망, 그리고 실크로드라는 과거사의 현장 검증에 대한 호기심이 간절했다. 중국사, 중국 미술사, 현재 중국의 상황에 관한 에세이, 가이드북, 여행기 등을 차례로 읽어가면 갈수록 기대감과 설렘은 더해갔다. '사막엔 무엇이 있을까?'라는 질문에 대한 나의 대답은 언제나 '어린 왕자'였다. 그리고 '여우'였다. '과연 사막에 가면 내 어딘가에 간직되어 있을 어린 왕자와 여우를 만날 수 있을까?' 자문해가며 집을 나섰다.

사막과 황하, 삶과 죽음의 변주곡

시안은 무더웠다. 그리고 지루했다. 사전조사 때 진시황의 전횡에 동의할 수 없었던 나로선 죽음을 앞둔 장인들의 유작인 병마용에 감탄해주고 싶은 생각은 조금도 없었을 뿐 아니라 일종의 분노도 느꼈다.

양귀비와 현종의 낭만적 사랑—보는 시각에 차이가 있겠지만, 조세핀 하트『데미지』의 당나라 버전인 현종의 사랑이 내겐 낭만적으로 보인다. 비림에서 보았던, 한 치의 흐트러짐도 없는 현종 필체의 단아함은 그의 성품을 짐작케 했다. 그럼에도 불구하고 이성으로 통제할 수 없는 인간적 열정이 현종에게도 있었고, 현종은 그 열정에 충실했다. 그 열정으로 인해 현종은 모든 것을 상실했다. 아들도, 권력도 심지어 사랑의 대상인 양귀비까지……. 내게 있어 이러한 사랑의 감정은 '주책'이라기보다는 '낭만'으로 여겨진다.—이 서린 화청지는 나름의 여운이 있었지만, 대안탑 및 진시황릉 등에는 별 흥미를 느끼지 못했다. 박제된 역사가 전시되어 있는 섬서성 박물관에서는 타 문화와의 변별점 및 성과를 비교해보는 정도의 흥미, 약간의 맘에 드는 몇몇 조각들을 발견했을 뿐 뼛속에 저려오는 감동은 전무(全無)했다. '시안(西安)'은 '포로 로마노(로마의 평화)'와 흡사했다. 극소수 주체의 번영을 위해 대다수 식민지인과 노예들을 착취한 로마처럼 천년의 고도 '시안(西安)'은 그들(지배자, 정복자)만의 평온함이

▲▲진시황릉의 병마용 ▲중국 만리장성의 서쪽 끝에 있는 관문, 자위관

여자들의 여행 수다

존재하고 있었다.

아름다운 이름의 도시인 '란저우(蘭州)'는 황하, 그리고 하서회랑, 병령사 석굴이 있는 곳이다. 이번 여행에서 사막만큼이나 보고 싶었던 것이 '황하'였다. 고등학교 국어 교과서에서 「일야구도하기」를 배울 때부터 황하에 대한 환상을 소유했었다. 눈을 닫고, 귀를 닫아야만 두려움을 망각하고 겨우 건널 수 있을 정도의 거대한 강, 자연의 웅장함을 느낄 수 있을 것만 같은 강이 황하일 것만 같았다. 그러나 황하의 흐름은 책에 묘사된 것처럼 격렬한 흐름은 아니었다. 그렇다고 잔잔한 흐름도 아니었다. 그 야말로 굵직한 물줄기가 도도하게 대륙을 가로지르고 있었다. 병령사 석굴로 가는 길에서의 하서회랑과 황하의 거대한 아름다움엔 그야말로 기가 눌리는 압박을 받았고, 호흡조차 제대로 내쉴 수가 없었다. 깎아지른 듯한, 검붉은 절벽에 감탄을 연발했다. 여행에서 돌아온 이후 백탑사에서 본 황하를 한 장면으로 삼은 배평모의 소설 『하늘로 떠나는 배』를 읽은 이후로는 황하를 더욱 그리워하게 되었다. 소설의 주인공처럼 황하의 흐름을 오래오래 지켜보고 있자면, 황하처럼 느리게, 그러면서도 강인하게, 물 흐르듯 삶을 살 수 있을 것만 같다.

주취안의 위진묘에서는 사후세계까지 이생의 영화를 지속시키려는 귀족의 추잡한 집착에 고개를 돌렸다. 오히려 묘지 주변의 황막한 들판, 눈부신 태양광선, 뜨거운 지표면, 그럼에도 불구하고 멀리 설산에서 불어오는 서늘한 바람이라는 역설적 상황에서 삶과 죽음의 의미를 되씹어볼 수 있었다. 태양 아래 우뚝 솟은, 황색의 자위관(嘉峪關) 성채는 엄정하고 절도 있는 황량함과 황토의 색채가 나를 열뜨게 했다. 뇌의 혈관의 피가 서서히 덥혀지는 체내의 변화를 느끼며 성채 안을 펄쩍펄쩍 뛰어다녔다. 성에서 내려다보니 사막이 끝없이 펼쳐져 있었다. 생계를 위해 저 사막을 건너 서역까지 가야만 했던 고대 상인들의 막막함을 느낄 수 있었다.

사막을 가로질러 자위관에서 둔황(敦煌)까지의 버스 횡단은 고달팠다. 둔황에서 나름대로 좋은 버스라고는 했

여자들의 여행 수다

으나 에어컨만 제대로 작동될 뿐 시골버스나 다름없는 차를 타고, 부실하게 포장된 도로를 다섯 시간이나 덜컹거리며 둔황으로 향했다. 사막 위에 간간이 세워진 비석과 비목들을 바라보며, 그리고 사막의 세찬 바람을 가슴에 품으며 난 서서히 '여행'을 느끼고 있었다. 바싹바싹 마르는 입술, 생전 처음 흘려본 코피, 계단을 오르내리기 힘들 정도의 근육 피로……. 육체적으로 나약해질수록 의식이 투명해감을, 장소를 이동할 때마다 그리움이 쌓여 눈동자가 깊어감을 느낄 수 있었다.

잠깐의 휴식 시간에 사막에 내려섰다. 사막에서도 한국과 통화가 가능하다는 현대문명의 이기에 감탄한 것도 순간이었다. 딱딱하게 굳어버린 사구에 선 나는 영겁의 세월의 흐름을 느꼈다. 아주 짧은 순간 사막에 머물러 섰을 뿐인데, 아주 잠깐 가슴이 조여드는 듯한 막막함을 느꼈을 뿐인데, 순간과 영원은 왠지 동일할 것 같은 착각을 느끼며, 그 순간의 막막함은 영원히 지속될 듯한 예감이 들었다. 사막에 불시착한 나에게 삶의 소박한 진리를 일러줄 어린 왕자는 없었다. '길들이기'의 의미를 알려줄 여우도 그곳엔 없었다. 사막은 그저 사막일 뿐이었다. 어린 왕자도, 여우도 없었던 사막은 '환상의 소유'로서의 삶이 아닌 황막한 삶의 현실을 가르쳐준 듯하다. 그리고 그 황막한 삶 그 자체에 대한 사랑의 의무 역시 지워준 듯하다.

둔황의 막고굴 역시 상당한 문화유산이었으나, 불교 신도가 아닌 나에게 막고굴은 그저 지적 호기심의 대상일 뿐이었다. 둔황이라는 이름이 가진 아우라로 인한 환상이 무화됨을 느꼈을 뿐이다. 연 강우량 18밀리미터가 하필 우리가 도착한 날 내렸기에 작열하는 태양조차 없는 둔황은 나에겐 별 매력이 없었다. 명사산과 월아천의 운치를 뒤로한 채 투루판으로 향하는 밤차를 탔다. 우리가 탄 열차는 대륙의 밤을 가로질러 여행의 끝을 향해 맹렬히 달려가고 있었다. 기차 안에서 일행들과 한국에서부터 가져온 네스카페를 마시며 다감한 시간을 가졌다.

투루판의 혹독한 기후 – 여름엔 40℃, 겨울엔 –30℃ –

여자들의 여행 수다

는 익히 들어 알고 있었으나, 실제로 체험해보니 역시 대단했다. 아침부터 태양의 열기가 대지를 덥히고 있었다. 화염산은 이름에 걸맞게 불꽃 그 자체의 위용을 드러냈고, 고창고성의 어린 상인들은 고창국의 폐허를 실감케 했다. 투루판의 더위가 절정으로 치닫고 있을 무렵, 우리는 사막에서 벗어나 초원지대인 우루무치로 향했다. 결국 여행의 귀착지이다. 우루무치의 천산과 천지는 지쳐버린 나의 심신을 달래주었으나, 출발부터 이미 결말이 예정된 여행을 끝낸 나는 마냥 허전할 뿐이었다. 무엇이 그리 허전하냐고 물으면 딱히 할 말도 없으면서, 괜히 서성거리고 있을 뿐이었다.

여행의 끝, 아직 끝나지 않은 비가(悲歌)

여행은 끝났다. 그러나 나의 마음은 여전히 둔황으로 가는 사막에 멈추어져 있었다. 시안 공항에서 약간의 문제로 인해 비행기의 이륙이 한 시간가량 지연되고 있는 것이 오히려 다행으로 여겨질 정도였다. 아직 난 집으로

여자들의 여행 수다

돌아갈 준비가 되어 있지 않았다. 출발할 때 느긋했었던 심정이 초조함으로 변해 있었다. 모두들 피로에 지쳐 있었지만, 난 마치 어디로 떠나는 사람처럼, 아니 떠나야만 하는 사람처럼 까닭 없이 긴장하고 있었다. 그러나 이제 여행은 끝난 것이다.

부산으로 내려가기 위해 인천공항에서 김포공항으로 이동하는 동안 차창 너머로 인천의 바다가 보였다. 이젠 정말 집으로 가야만 하는 현실이 자각되자, 20대에 느꼈던 서운함이 몰려왔다. 주취안 위진묘의 황량함, 사막 저 너머의 지평선, 우루무치의 일몰 등의 화면들이 그동안 정들었던 일행들의 얼굴들과 겹쳐질 때, 난 소리 없이 눈물을 흘리고 있었다. 이젠 다신 돌아오지 않을 순간들, 다음을 기약할 수 없는, 어쩌면 다시는 볼 수 없을 사막과 황하를 떠올리며 상실을 절감했다. 그리고 여행 이전의 완벽한 삶에 균열이 생겼음을 예감했다. 실크로드를 다녀와서 한동안 바빴다. 일상의 크고 작은 업무들 이외에도 여행을 마무리하기 위한 일련의 행동들 때문이었다. 발표문들을 다시 읽어보고, 실크로드를 배경으로 한 소설들을 찾아서 읽고, 사막에 관한 또 다른 서적들을 읽고, 사진들을 정리하고……. 그 모든 행동의 기저엔 무언가 채워지지 않는 빈 공간이 존재하고 있었다. 그리움의 대상을 마음에 품으면 가슴에 빈 공간이 생기는 것 같다. 그 빈 공간이 마음의 구심점이 되어 무언가를 갈망하게 하고, 20대 이후로 사라진 수많은 불면의 밤을 가져다주기도 하였다. 그러나 성급히 그 공간을 다른 무엇으로 채우고 싶지 않다. 언젠가 세월이 흐르고 흘러 실크로드가 빛바랜 모습으로 부유한다 할지라도, 그 빈 공간이 존재하는 한 나는 언제나 사막을, 황하의 흐름을, 일주일을 함께 한 일행의 따스함을 소유하고 있을 것이기 때문이다.

오랜만에 여행다운 '여행'을 다녀왔다. 낯섦에서 시작한 여행은 그리움으로 끝났다. 그 결과 이전에 완벽했던 삶의 평안과 균형을 상실했지만, 다시 여행을 회복하였다. 축복일지 저주일지 아직은 알 수는 없지만, 내 삶에 주어진 모든 것을 소중히 여기면서 새로운 일상의 여행을 떠날 것이다. 길은 끝나고, '여행'은 시작되었다.

여행, 영원한 낯섦을 향하여

여행은 떠남이 아니고, 환상이 아니다

여행은 꿈이었다. 일상은 의무이고, 관계는 피로하다. 일상을 장악하고 있는 일들이 성취감과 자존감을 가져다 주기도 하지만, 반드시 해야만 한다는 의무감과 책임감은 나를 구속한다. 마흔을 지나면서 가능한 한 만나고 싶은 사람만 만나려고 하기에 주변에 편하고 좋은 사람들이 대다수이지만, 때론 그 관계조차 피로할 때도 있다. 그럴 때 잠시 꿈꾸는 것이 바로 여행이었다. 낯선 거리, 낯선 언어 속에서 에스프레소 한 잔 시켜두고 타인의 일상을 느긋한 시선으로 바라볼 수 있는 여유를 꿈꾸었다. 전망 좋고

여자들의 여행 수다

운치 있는 장소에서 아무런 생각 없이 저물어가는 일몰을 바라보며 나 자신 또한 그 아름다운 풍경의 일부가 되기를 꿈꾸어왔다. 바닷바람에 옷깃을 나부끼며 끝없는 수평선을 바라보며 약동하는 내 심장의 소리, 생의 외침을 듣는 시간을 꿈꾸었다. 그래서 여행은 꿈 그 자체였다.

이런 측면에서 본다면 이번 여행은 낯선 것 하나 없는 풍경 속에서 보낸 시간들이었다. 세어보지는 않았지만 거의 서른 번 넘을 것 같은 유럽 여행은 지금 내가 있는 곳이 일상 공간인지, 여행지인지 분간을 모호하게 만들었다. 베니스에 앉아 있는 느낌이나, 해운대에 앉아 있는 느낌이나 별다를 바가 없다. 나를 미치도록 흥분시켰던 페기 구겐하임의 소장품들도 언제나 맘만 먹으면 볼 수 있는 작품들로 이미 익숙해져 있다. 샹젤리제의 혼잡한 라운드 어바웃 역시 별로 날 긴장시키지 못했다. 난생처음 방문한 텔아비브도 정보통신의 발달로 대충 한두 시간이면 거의 모든 것이 다 파악되었다. 이젠 몇 년 후에나 마시게 될, 피렌체 질리에서 마신 카푸치노(이건 일

년에 한 번쯤 마시기엔 너무너무 아쉬운 맛이다)가 나를 무척 섭섭하게 만든 경우를 제외하면 별 아쉬울 것도 없는 여행이었다. 낯섦과 떠남, 풍경에만 중점을 둔다면 이번 여행은 여행이 아니었다. 이것이 내가 가지고 있었던 여행관이 가진 한계였다.

난 타인에 별 관심이 없다. 그냥 있는 그대로의 타인을 인정하고 존중하기에, 정말 특별한 경우가 아니면 저 사람이 뭐 하는 사람인지, 뭘 가졌는지 안 궁금하고, 묻지도 않는다. 묻지 않아도 외적인 사안들은 결국 대충은 알게 되는 것이 현대 사회이기도 하다. 많은 시간을 함께 해야만 하는 경우엔, 그분들이 내게 어떤 사람인가는 중요하다. 내가 다른 모습이 아닌, 내 스스로의 모습으로 대화하고 행동해도 되는 사람인지 아닌지는 관계 형성에 매우 중요하다. 그러나 그분들이 나랑 무관한 세상에서 별로 살아가든, 먼지로 살아가든 내겐 별 중요한 일이 아니다. 내게 심리적으로 치명적인 상처를 입히거나 다른 가치관을 가지고 그것을 내게 강요만 하지 않는다면, 어떤 특이한 습관과 태도를 가졌다고 해도 대충 공존하는 것엔 별 문제가 없다. 그래서 타인과 함께 가는 여행에서도 찍는 사진들 거의 대다수 풍경 사진이다. 그나마 풍경이 익숙해진 이후엔 사진도 안 찍는다. 처음엔 사진 찍느라, 그 느낌이 훼손되는 것이 싫어서 안 찍었고, 나중엔 그 순간의 느낌과 감동을 기록을 통해 영원히 지속시키고자 하는 욕망이 사라져서 안 찍었다. 지금까지는 그랬다.

나도 모르는 사이 내게 여행은 점점 단순한 휴가가 되어가고 있었다. 일과 일상에서 벗어난 시간인 휴가······ 낯섦이 없어서 일상에 대한 반성도, 자기 인식도 없는 단순한 휴식과 재충전······ 삶에서 여행을 잃어간다는 것은 정말 치명적인 상실이다. 그러나 상실이 상실인 줄도 모른 채, 그냥 계속계속 살아왔다.

여행은 사람이고, 사랑이다

여행은 사랑이다. 20대의 난 언제나 혼자 여행을 떠났다. 혼자만의 여행은 처절하게 고독하고 외로웠고 힘들지만, 오히려 그 감정에 젖어서 현실 속에 돌아왔을 때의 비참함과 비극, 일생에 두 번은 없어야 할 상황들을 나름 죽지 않고 잘 버티게 하는 힘이 있다. 때론 지금도 그런 혼자만의 여행을 떠나고 싶을 때가 있다. 그런데 정말 역설적인 것은 자유롭고자 떠나는 혼자만의 여행이 오히려 자유롭지 못하다는 것이다. 특히 젊은 여자 혼자 다니는 여행은 타인의 시선과 관심, 폭력으로부터 결코 자유롭지 못하다. 그래서 필요 이상으로 스스로를 구속한다. 돌아다니기 힘든 시공간들이 생겨나고, 경계심으로 인해 타인들을 밀어낸다. 안전을 확보하기 위해 총력을 기울이다 보면, 자유와 낭만을 즐기는 것은 잠깐이고 너무 빨리 피로해진다. 그러나 같이하는 사람 딱 한 명만 더 있어도, 여행은 완전 달라진다. 힘든 것이 없고, 어려운 일이 없어진다. 특히 허물없이 맘을 같이 나눌 수 있는 사람들과의 여행은 축복이다. 짧은 시간이지만 함께 먹고, 자고, 이동하고…… 같은 곳을 바라보고, 감동을 말없이 교환하고…… 대단히 철학적이고 심오한 대화나 교감은

여자들의 여행 수다

없다 할지라도, 함께한 경험과 시간은 세월이 흘러가면 갈수록 점점 더 아련한 색으로 아름답게 채색된다. 그리고 인간과 세상에 대한 사랑 또한 깊어간다. 그래서 여행은 사람과 세상 그리고 삶에 대한 사랑이다.

2017년 베니스 비엔날레 특별전에 초대된 김완, 손파, 심향 작가와 함께 베니스를 방문했다. 짧은 베니스 체류 기간 동안 퍼포먼스와 행사장 그리고 아파트에서 함께한 작가 분들과 주고받은 교감과 신뢰가 인상적이다. 소복을 입고 산송장이 된 듯한 현대인을 침의 예술로 회복하려는 손파 작가의 퍼포먼스에서 느꼈던 감동을 떠올리면, 지금도 맘이 따스함을 넘어서 울컥하기도 하다. 팔라초 모라 앞 광장의 혼잡함, 팔라초 벰보 앞 리알토 다리의 낭만적 풍경들 그리고 소위 클래스가 다른 작품들은 내가 살아가고 있는 세상의 또 다른 안목을 엿볼 수 있었다. 페기 구겐하임에서 작가의 측면에서 현대 미술의 기법에 대해 열심히 설명해 주신 손파 선생님의 지성과 열정은 예술에 대한 새로운 인식과 지평을 넓혀주

여자들의 여행 수다

었다. '같은'까지는 아니어도 '비슷한' 곳을 바라보는 자들이 공유하는 신뢰…… 인생이 무한할진대 앞으로 서로의 삶과 생각을 공유할 수 있는 기회가 있을 것으로 기대해본다.

In Sight, In Mind

'눈에서 멀어지면, 맘에서도 멀어지'는 것의 예외가 없지는 않지만 드물다. 함께한 시간이 많을수록, 맘에 새겨지는 감정이 깊어지는 것은 인지상정이다. 계획에도 없었던 텔아비브, 베니스, 그리고 피렌체의 5일을 함께한 피아니스트 박재홍, 4일간 파리와 노르망디를 함께한 심향 김완 작가 선생님 그리고 한결같은 성실함과 미소로 이 모든 일정을 곁에서 함께한 제자 주연이…… 이들을 떠올릴 때마다 함께한 시간들과 기억에 대한 그리움이 깊어진다.

박재홍, '우리'가 된 '너'

만 17세의 나이에 혼자 텔아비브에서 2주간을 보내며 아르투르 루빈스타인 국제 피아노 콩쿠르의 긴장과 스케줄을 무난히 감당한 재홍을 응원하기 위해 베니스에 도착하자마자 텔아비브로 향했다. 난 농담 삼아 무심코 던진 말이라도 그것이 구속이 되어서 끝내는 해야만 하는 고약한 성격이 있다. 첨엔 농담 반 진담 반으로 출발하지만, 차츰 기정사실로 되어버리는 일들이 많다. 텔아비브행이 그러했다. 베니스에서 고작 서너 시간 걸리는 거리에 있다는 것, 파이널 가면 응원가겠다는 것을 그냥 언제 만나서 식사나 한 번…… 이런 식으로 이야기했었다. 못 갈 때 못 가더라도 일단 항공은 예약하자는 생각이 들었다. 항공 예약하고 나니, 호텔 예약하게 되고, 콘서트 티켓 예약하게 되고, 렌터카 예약하게 되고…… 이렇게 준비가 완료되는 동안, 재홍이는 예상대로 파이널 가고…… 안전, 보안, 문화 차이 등등 이래저래 걸리는 것들이 있지만, 인생 별거 있나 그냥 가자…… 그렇게 갑작스럽게 결정된 텔아비브행이었다. 모든 예술이 그러하지만 음악은 특히나 혼이 전달되는, 그것도 그 순간에만 집약되는 예술이다. 혼자서도 잘해낼 재홍이지만, 서로 같은 맘에서 받는 에너지가 있다면 더 잘 할 수 있는 부분이 있음을 또한 잘 알고 있어서 간 응원이었다. 콩쿠르 마지막인 라흐마니노프 피아노 협주곡 3번 연주를 마치고, 텔아비브에서 야파 지역과 이스라엘 박물관을 다니며 짧은 소풍 같은 휴식을 줄 수 있었던 것도 행복한 추억이다.

콩쿠르 일정을 다 마친 재홍이 한국으로 들어가기 전 며칠 시간이 남아서 베니스로 왔다. 재홍이 별 유쾌하지 않을 생각과 기분으로 며칠간 척박한 텔아비브에 혼자 지낼 생각을 하니 내가 견딜 수가 없었다. 페기 구겐하임에서 자기가 좋아하는 잭슨 폴록의 작품을 발견하고 흥분을 감출 수 없었던 재홍의 목소리도 생생하다. 음료수와 스파게티 등등을 먹었던 많은 레스토랑들에서의 대화와 베니스다운 분위기, 숙소에서 그 많은 사람들 틈에서 같이 초록색 팩을 얼굴에 바르고 드러누워서 휴식하던 경험도 나로서는 전무후무할 일이다. 비상시 서로 전혀 도움이 되지 않을 존재들인 거 잘 알면서도 서로의 존재 그 자체만을 의지하면서 무서움을 견디며 자정 가까운 시간에 산마르코에서 카도르까지 베네치아의 흑암 같은 골목길을 함께 걷던 추억, 짧은 시간이지만 모든 부분에서 최고였기에 아주 강렬했던 피렌체 여행, 피렌체와 베니스를 오가며 차에서 나눴던 이야기들과 휴게실 지갑 사건(재홍이 지갑을 휴게실에 두고 나왔으나, 무려 이탈리아에서 휴게실 직원이 재홍이 지갑을 찾아서 돌려준 경이로운 사건) 등등……. 여행 이후 재홍과 나는 우리가 되었다. 서로에게 정신적으로 선생이고, 가족이 되었다. 피아니스트로, 혹은 다른 무언가로, 또한 인간으로 잘 성장해서 자신들의 연령대에 해당하는 인생과 세상의 과제들을 그들의 삶 속에서 후회 없이 헤쳐 나갈 조력자가 되어야겠다는 생각을 항상 가져본다.

여자들의 여행 수다

심향, 김완 작가, 그리고 제자 주연
─ '가까이하기에 너무 멀'지 않았던 그대들

작가는 작품으로만 이야기해야 한다는 생각을 가진 때가 있었다. 물론 20대, 30대의 생각이다. 작가가 하나의 작품을 세상에 내놓기까지 엄청난 고뇌와 선택으로 인한 갈등 시간들이 있을 수밖에 없다. 캔버스를 찢는 폰타나의 작품을 보며 관객들은 장난 반 진심 반으로 '저건 나도 할 수 있겠다'라고 말하지만, 그건 결과론적일 뿐이다. 캔버스를 찢어야겠다는 착안이 들기까지, 또 그것을 실행하여 자신의 예술로 당당히 관객에게 전시하기까지 폰타나가 겪어야 했던 고뇌와 경험에는 쉽게 '나도'라는 말을 할 수 없게 하는, 엄청난 '그 무언가'가 존재한다. 그런데 '그 무언가'는 작가만의 영역이 아니다. '그 무언가'는 독자와 관객의 영역이기도 하다. 난 그 '무언가'를 쉽게 얻으려는 생각이 전혀 없다. 그게 뭐지…… 라는 고민의 시간이 바로 내가 작품을 즐기는 방법이다. 그러나 몇 년 전부터 작가 분들이랑 개인적 친분이 형성되면서 내가 느낀 것은 작가와 작품과 삶의 교감이 있을수록 '그 무언가'를 고민하는 즐거움은 훼손되는 것이 아니라 더 배가되며, 작품에 대한 사랑과 이해가 더욱 깊어진다는 것이다.

2016년 대구 아트페어에서 작가 심향 선생님과 처음으로 비교적 오랜 시간의 대화를 나누면서 심향 선생님의 꿈을 듣게 되었다. 모네 정원을 보고, 모네의 수련을 보는 것……, 그것이 평생을 목발에 의지하고 살아오신 심향 선생님의 꿈이었다. 이때도 역시 텔아비브행처럼 '커피나 한 잔'의 의미로, 별 어렵지 않다고…… 2017년 베니스 비엔날레 전시 마치고 돌아오는 길에 파리 들러서 같이 가자고 그냥 편하게 말했었다. 어렵지 않은 것이 사실이기도 했지만, 그 꿈의 현실화에 대한 확신이 100퍼센트 있었던 것은 아니었다. 그러나 이 꿈 역시 현실로 이루어지고, 제자 주연과 김완 선생님도 우리의 여정에 함께 동참했다.

프랑스에 도착해서 차를 렌트하고, 모네 정원이 있는

여자들의 여행 수다

지베르니로 출발했다. 주차 관계로 일행과 시간차를 두고 정원에 입장한 난, 멀리서 수련 연못을 바라보는 심향 선생님의 모습을 볼 수 있었다. 아주 오래오래 연못을 바라보는 선생님의 모습이 아름다운 모네 정원과 함께 지금도 내 맘속에 깊게 자리하고 있다. 그날 몽생미셸에서 식사 중에 심향 선생님께서 '맘먹으면 다 할 수 있고, 어디든 다 갈 수 있다는 자신감'이 생겼다고 하셨다. 맞는 말이다. 그냥 일단 저지르고 나면, 다 된다. 불가능을 가능하게 만든 것이 바로 몽생미셸이다. 바다 한 가운데 섬에 세워진 수도원 몽생미셸…… 인생에 불가능한 일은 바로 외부 요인이 아닌, 우리 맘속에 있는 게 아닌지…….

풍부한 색을 품고 있던 에트르타의 일몰과 파도 소리, 그리고 머리와 옷깃을 흔들며 유쾌하고 열뜨게 만들었던 몽생미셸의 야경과 바닷바람, 프랑스 고속도로에서 만났던, 너무나 멋진 오픈카를 타고 어디론가 향하던 낭만파 할아버지 할머니 일행, 길도 아닌 길을 안내해서 좌우 10

센티미터도 안 남는 좁은 골목길을 통과하게 한 믿을 수 없는 프랑스 내비게이션, 몽생미셸로 가는 고속도로 위에서 좋은 팔자를 누리던 소 떼들, 운전 실력 최고 경지를 테스트하던 샹젤리제의 라운드 어바웃, 고속도로에서 마치 자살 테러 차량처럼 나의 운전석을 향해 상당한 속도로 돌진해오던 벤츠, 튀일르 정원 분수 의자에 걸어두고 온 여권 가방을 찾은 후 오히려 아쉬워하던 김완 선생님, 부족한 수면 시간으로 쏟아지는 잠 속에서도 안 졸기 위해서 최선을 다하던 착하고 성실한 제자 주연. 프랑스에서의 3박 4일 동안 우리 네 사람은 더할 나위 없이 즐거웠고, 행복했다. 서로 서로 느끼는 감정을 직접적으로 표현한 사람은 아무도 없었지만, 모두가 서로의 느낌을 잘 알고 있었다. 그 누구도 불편해하지 않았기에, 모든 것들이 완벽했다. 우리가 함께한 것은 모네 정원, 몽생미셸, 에트르타 그리고 파리의 미술관과 거리, 센강이었지만 우리의 맘속에 새겨진 것은 풍경이 아닌 기쁨과 평화 그리고 신뢰와 형제애……, 이런 것들이었다. 파리 공항에 도착한 후 내리기 시작한 빗줄기와 어둠 속에서 이륙

한 우리들은 현실로 귀환했다.

　인간으로 먼저 만나지 못하고, 작품으로만 만난 작가들은 사실상 '먼 그대'들이다. 적절한 거리를 유지할 때 아름답다는 말은 진정한 인간관계에서 성립되지 않는다. 현대 사회에서 서로 기계적이고 형식적인 대면 관계일 때 성립되는 것이 바로 그 '적절한 거리의 아름다움'이다. 그런데 현대 사회에서는 '우리'보다는 '남'이고 '그'일 때가 대다수이다. 현대 사회에서 대다수의 사람들은 일상 속에서 형식적이고 기계적인 대인관계를 맺고 살아간다. 이해관계로 만나고, 맘에 없는 빈말들로 관계를 형성하다 보니 가끔 보이는 민낯들이 낯설고 불편하다. 그래서 다들 '아름다움을 위해, 다시 말해 원만한 인간관계를 위해 거리를 두자'는 말들을 한다. 작품만으로 작가를 상상할 때가 있다. 그런데 정말 대다수 작품은 작가 그 자체인 경우가 거의 대다수이다. 그래서 작품이 좋은데, 작가가 별로다…… 이런 경우는 결코 없다. 예술의 정신세계란 것이 그렇다. '존재와 존재와의 관계성'에 중점을

두고 있는 김완, 심향 작가들은 작품들처럼 순수하고 해
맑은 모습 그리고 때론 깊은 모습으로, 한 인간의 모습들
로 함께 시간을 보냈다. 우리들은 함께 프랑스에서의 풍
경들을 마음 깊숙이 담아서, 그 풍경보다 더 두터운 우정
과 신뢰를 가득 담아서 한국에 돌아왔다.

다시 '우리'와 함께 하는 여행을 꿈꾸며

이번 여행으로 난 여행에 대한 관점이 바뀌었다. 이전
의 나 같으면 사람보다 풍경이, 작품 감상이 먼저였을 것
이 분명했다. 그러나 이젠 풍경보다 작품보다 사람과 함
께한 시간들 자체가 이른바 불가역적인, 유일무이한 순
간이란 것을 깨달은 듯하다. 그동안 여행을 상실했던 이
유는 바로 풍경에 초점이 있었기에, 다음에 또 오면 되
는 것이기에 별로 절박하지도 절절하지도 않았던 것 같
다. 그러나 이번 여행에서 돌아온 이후, 그리움 같은 지
독함에 시달린다. 그리움의 대상은 텔아비브, 베니스, 피
렌체, 파리, 지베르니, 몽생미셸, 에트르타 등 구체적 공

간이 아니다. 사람들과 함께한 시간들, 이젠 돌이킬 수 없이 흘러가버린 그러나 맘속에 커다란 방을 만들어버린 시간들에 대한 그리움들이다.

지금의 나는 가끔 마음으로 새로운 여행을 계획한다. 새로운 공간으로 향하는 꿈을 꿀 때, '우리들'이 내 맘속에 있음을 느낀다. 담에 '같이' 이태리 다니면 좋겠다, 스페인 갈 때 '같이' 가면 좋겠다. 여행을 떠올리면 언제나 그 도시의 미술관이 먼저 뜨고, 작품을 감상하고 있는 나 혼자만이 상상되던 나였는데……. 이런 생각들을 하고 있는 나를 자각할 때면 내가 가끔은 여행보다 더 낯설다. 이것을 나이 50세가 다 되어서야 깨닫게 되는 나도 참 한심하다는 생각이 무척 많이 들기도 하다. 이십 대의 여행, 삼십 대의 여행 그리고 사십 대의 여행…… 각각의 연령대에 느끼는 삶의 의미가 다르듯, 여행이 내게 주는 의미 또한 다르다. 인생에 '불변의 법칙' 이런 것은 없어 보인다. 당시엔 절대적으로 옳은 것 같던 것들, 절대로 변하지 않을 가치 및 기호 그리고 취향까지도 시간이 흐르면 변한다.

여자들의 여행 수다

그래서 뭔가 삶이란 것, 살 수 있을 만큼은 내게 허락되는 시간만큼은 새로움에 대한 기대를 품고, 최선을 다해 온몸으로 부딪치며 살아봐야겠다는 생각도 든다. 암튼 조만간, 그리 머지않은 미래에 '우리', 새로운 곳이든 익숙한 곳이든, 익숙한 모습이든 낯선 모습이든 '함께' 할 수 있는 축복이 모두에게 그것도 동시에 허락되길 기원한다.

조 규 남

Cho Kyu Nam

칼춤을 추는 남자 아리랑을 부르는 여자

한국인입니까?

조규남

전남 보성에서 태어나 성장했다. 방송대 국어국문과를 졸업하고 1998년 수필로
등단, 10년 후 소설로 등단하고 활동, 2012년 『농민신문』 신춘문예에 시가 당선되
어 시를 쓴다. 시집 『연두는 모른다』와 소설집 『핑거로즈』가 있다.

칼춤을 추는 남자
아리랑을 부르는 여자

이 술을 먹으면 3년은 젊어집니다.

토가풍정원 문턱을 넘기 전이었다. 현지 가이드는 술 한 잔 마시기를 권했다. 나는 잠시 주춤거렸다. 술을 마시지 못하기 때문이었다. 3년이나 젊어진다는 술을 먹지 못한다는 게 아쉬워 중국 전통 옷을 입고 서서 술잔을 나눠주는 젊은 여자 손에서 무작정 술잔을 받아들었다. 그리고 옆에 서 있는 남편에게 내밀며 말했다. 내가 술잔을 받았으니 2년 젊어지고, 당신은 1년만 더 젊어져요. 남편은 흐뭇한 표정으로 화답했다. 이 사람아, 받은 사람은 2

년이지만 먹은 사람은 3년 그대로야, 난 두 잔을 마시니까 6년이 젊어지지. 남편의 계산법은 나에 비해 한층 후했다.

술을 먹어서 젊어진다는 속설을 전적으로 믿지는 않지만, 술잔을 받아 건네는 순간 활력 넘치는 젊음을 수혈받은 기분이었다. 인천공항에서 창사(長沙)까지 3시간 30분 동안 비행기를 타고 온 피로가 한꺼번에 씻겨나간 것 같았다. 낯선 공항을 나서기 무섭게 고속도로를 4시간이나 달려온 빡빡한 일정의 무게가 새털처럼 가벼워졌다. 무릎께까지 발을 들어 올려야 넘을 수 있는 높은 문턱을 힘도 들이지 않고 훌쩍 넘었다. 순간 중국 대륙의 높은 담장이 발아래로 쑥 내려간 듯 아담한 산자락에 싸인 토가풍정원의 아름다움이 한눈에 들어왔다.

음악 소리가 귓전을 울렸다. 전통적인 중국의 옛 궁전을 축소해놓은 듯한 건물들을 두리번거릴 틈도 없이 공연을 하고 있는 마당으로 갔다. 빨간 옷을 입은 젊은이들이 신명 나게 춤을 추고 있었다. 남자 열 명, 여자 열 명이었다. 빨간 옷이 강렬한 데다 동작 또한 힘찼다. 길게

여자들의 여행 수다

조규남 _ 칼춤을 추는 남자 아리랑을 부르는 여자

늘어섰다 둥글게 뭉치고, 큰 동작으로 하늘을 차고 오르다 화살을 꽂듯 사뿐히 내려섰다.

그들은 중국 소수민족 중에 가장 오랫동안 토굴 생활과 사냥을 즐기는 민족이었다. 그 후예답게 춤에도 원시적인 거친 힘이 느껴졌다. 나는 자유분방한 춤사위를 놓치기 싫었다. 정신없이 카메라 셔터를 눌렀다. 찰칵찰칵 카메라도 흥에 취해 리듬을 탔다. 우리와 함께 간 관광객들이 어깨를 들썩이며 춤을 추기 시작했다. 나도 카메라를 목에 걸었다. 그들과 손을 잡고 돌았다. 받기만 한 술잔의 취기가 오르는 듯 흥겨웠다.

공연을 관람하는 것도 잠시였다. 토가족 박물관과 그들이 모시는 신전을 돌자고 가이드가 재촉했다. 하지만 나는 공연이 끝나도록 자리를 뜨지 않았다. 박물관과 신전은 시간의 제약을 받지 않고 볼 수 있지만 공연은 그 시간이 지나면 볼 수 없기 때문이었다. 춤을 추면서도 사냥을 하는 듯한 몸짓이 위협적이어서 적당한 긴장감을 주었다. 손에 땀을 쥘 수 있어 좋았다. 그들의 손짓에 따

여자들의 여행 수다

토가풍정원

조규남 _ 칼춤을 추는 남자 아리랑을 부르는 여자

라서 쫓기는 사슴이 된 듯 몸을 움츠리고, 멧돼지와 맞서는 용맹스런 무사가 된 듯 기분이 날렵해졌다.

부슬부슬 비가 내리기 시작했다. 차에서 내릴 때 비가 오지 않아 우산을 가지고 내리지 않았다. 그냥 비를 맞기로 했다. 잰걸음으로 박물관으로 들어갔다.

토가족들은 중국 소수민족 중에 가장 인구가 많다. 그들은 독특한 언어는 가지고 있지만, 조선족처럼 독립적인 문자와 언어를 동시에 가지고 있지 않다고 했다. 주로 호남과 호북에 거주하며 살아가고 있는데, 체구가 작고 얼굴이 동글납작한 것이 신체적 특징이다. 그들의 박물관에 전시된 물건들은 활과 창, 농경 시대에 전해졌을 법한 간단한 농기구들이었다. 다분히 원시적이고 보편적이었다.

내가 신전으로 들어가려는데 남편이 불렀다. 가쁜 숨을 몰아쉬며 오르막길을 올랐다. 토가풍정원 맨 꼭대기에 있는 원두막 같은 정자를 향해. 그곳에서 나이가 지긋한 남자 대여섯 명이 피리를 불며 사람들을 불러들이고 있었다. 춤을 추던 젊은이들에 비해 행색이 초라했다. 금

여자들의 여행 수다

세 눈물을 쏟아낼 듯 촉촉한 눈망울이 도드라졌다.

우리 일행들은 남자들을 에워싸고 통나무로 된 벤치에 앉았다. 어지간히 군중이 모여들자 눈이 땡그란 남자가 번득이는 무쇠 식칼을 들고 나왔다. 몸이 오싹해졌다. 가까이 앉고 싶지 않았지만 이미 자리가 빼곡히 차버려서 어쩔 수 없이 칼을 든 남자 가까이 앉아야 했다.

남자가 칼 세 자루를 들고 돌리기 시작했다. 민첩한 동작으로 칼들을 던지면, 허공에 뿌려진 그것들이 가볍게 공중돌기를 하고 내려와 남자의 손에 자루를 내밀었다. 칼이 허공과 남자의 손을 분주하게 오고갔다. 남자가 번득이며 튀어 오르는 칼을 쫓느라 비틀거렸다. 나는 위태위태한 그를 지켜보았다.

긴장이 고조되고 있을 때였다. 칼 한 자루가 바닥으로 뚝 떨어졌다. 나는 악 소리를 내며 자지러졌다. 날카로운 끝이 내 왼발을 찍었다고 생각했다.

그런데 통증이 느껴지지 않았다. 조심스럽게 발을 내려다보았다. 내 발끝과 1센티도 떨어지지 않은 바닥에 칼이 꽂혀 있었다. 간담이 서늘했다. 자칫 잘못하면 칼이 어디에 박힐지 모르는 위험한 춤이었다. 사지에 힘이 쭉 빠져나갔다.

정신이 바싹 드는 순간 경악을 하는 대신 박수를 쳤다. 칼이 내 발등을 피해 꽂힌 감사의 박수였는지, 실수를 한 남자에게 용기를 주려고 친 것인지 알 수 없지만, 연신 손바닥을 마주치고 있었다. 어쩌면 나는 모든 세상 사람들과 소통을 원하고 있었을 것이다. 아니, 더 정확히 말하면 문턱을 넘어올 때 건네받은 술 한 잔의 효험을 믿는 박수였을 것이다.

예기치 않은 실수로 잠시 위축되어 있던 남자가 다시 칼춤을 추기 시작했다. 여기저기서 열광하는 박수 소리가 쏟아졌다. 남자는 더욱 신명 나게 춤을 추고 다음 남자에게 배턴을 넘겼다.

그 남자는 첫 번째 남자보다 난이도가 높은 기술을 선보였다. 칼이 세 개가 아니라 다섯 개였다. 다섯 자루가 허공을 가르며 오르내렸다. 정신없이 칼을 던져 올리던 남자가 가랑이 밑으로 손을 넣어 칼을 받을 때는 온몸에 전율이 일었다.

여자들의 여행 수다

옆에 앉은 일행이 일어섰다. 가슴이 조여서 더 이상 볼 수 없다고 했다. 나도 가슴이 떨렸다. 당장이라도 칼이 내 정수리에 꽂힐 것 같은데, 이상했다. 자리를 뜨고 싶지 않았다.

고집스럽게 앉아 남자의 묘기를 끝까지 보고 일어섰을 때였다. 감동과 안도의 박수를 치고 있는데 칼춤을 췄던 남자가 아리랑을 부르기 시작했다. 한국말이라고는 '안녕하세요'만 겨우 하던 이방인이었다. 발음도 제대로 하지 못했는데 아리랑을 또렷하게 불렀다.

나라 밖에 나가면 모두가 애국자가 된다 했던가! 나는 눈시울이 뜨거워졌다. 아리랑을 목이 터지라 부르다 지쳐도 좋을 것 같았다.

나도 큰 소리로 아리랑을 부르기 시작했다. 우루루 몰려 내려가려던 우리 일행들이 뒤를 돌아보았다. 그들도 함께 아리랑을 합창해주기를 바랐지만 물끄러미 보고만 있었다. 아리랑을 부르는 여자가 누군지 확인하고 싶다는 표정들이었다. 나는 일행들을 유도하기 위해 지휘하

듯 손을 저으며 목청을 높였다. 나의 의도를 알아차린 몇 명의 일행들이 되돌아와 함께 불렀다. 취기보다 더 어깨를 들썩이게 하는 우리의 민요였다. 아리랑 아리랑 아라리요 아리랑 고개로 넘어간다. 나를 버리고…….

아름다운 풍경에 안긴 토가풍정원으로 구성진 가락이 퍼져나갔다. 대한민국 아리랑이, 대한민국의 목소리가 넓은 중국 영토를 뒤덮었다.

여자들의 여행 수다

한국인입니까?

순간 무중력, 그것이었다. 아무것도 생각나지 않았다. 뭘 어떻게 대처하고, 누굴 붙잡고 물어봐야 할지 막연했다. 갑자기 호흡이 가팔라졌다. 크게 숨을 고르고 어깨를 활짝 폈다. 고개를 길게 빼고 입국심사대를 들여다보았다. 장사진을 치고 있던 중국인들의 행렬은 그대로인데 나와 함께 비행기를 타고 왔던 일행들과 인솔자는 보이지 않았다.

중국인들의 긴 줄을 기웃거리지 않았다면, 중국인 여자가 같은 일행인 줄 알고 나를 자신의 앞으로 끌어들이지 않았다면, 나는 먼저 입국심사를 마치지 않았을 것이

여자들의 여행 수다

고, 안일하게 화장실에 다녀와도 된다는 생각 따윈 하지
않았을 것이다.

　너무 당황해서일까. 방향감각이 없었다. 말도 통하지
않는 프랑크푸르트 공항에서 한참을 서서 정신을 가다듬
었다. 두근거리는 가슴을 진정시키고 지나는 사람들을
붙잡고 물었다. 'Are you Korean?' 모두 'No'라는 대답만
남기거나 고개를 좌우로 저으며 지나갔다.
　입국심사를 하고 있는 곳만 몇 번을 들여다보고 또 들
여다보았다. 많은 사람들이 쏟아져 나왔지만 낯익은 얼
굴은 없었다. 비행기에서 내려 입국 절차를 밟을 대합실
로 들어왔을 때 계단까지 꽉 들어찼던 사람들이 반쯤밖
에 보이지 않았다. 인솔자는 빨리 절차를 끝내야 한다고
했다. 취리히로 가는 비행기를 놓칠 수 있다며 공항 관리
인을 붙잡고 사정을 했다. 하지만 대답은 차례를 기다리
라는 것뿐이었다.
　비행기 시간이 너무 빠듯해요.
　동동거리던 인솔자의 그 말이 뇌리에 강하게 박혀 있

었다. 비행기를 놓쳐 낭패를 볼 수도 있다며 걱정하던 표정이 지워지지 않았다. 혹시? 그새 시간이 바쁘다고 양해를 얻어 입국심사를 모두 마쳤을까. 먼저 절차를 마치고 화장실에 간 나를 까마득히 모르고 서둘러 떠난 걸까. 온갖 생각이 머릿속을 어지럽혔다. 그러는 사이에 쏟아져 나온 사람들로 공항터미널은 번잡해졌다. 아무리 두리번거리며 찾아봐도 일행들은 보이지 않았다. 어려운 일을 당할수록 차분해져야 한다. 해결할 방법을 찾아야 한다. 머릿속은 그렇게 지시했다. 얼른 항공 티켓을 꺼내보았다. A19 게이트가 인지되는 순간 재빨리 화살표를 따라 뛰기 시작했다. 늦지 않게 A19 게이트만 찾아가면 일행들을 만나 무사히 취리히로 가는 비행기를 탈 수 있을 것이다.

난관을 뚫고 나갈 행동에 돌입하니 마음이 한결 편해졌다. 만약 만나지 못한다면, 하는 막연한 불안이 엄습해왔지만 그렇다면, 하면서 호주머니를 만지작거렸다. 여권과 신용카드를 소지했으므로 프랑크푸르트 공항의 미아로 남진 않을 것이다. 핑계 삼아 프랑크푸르트 거리나

여자들의 여행 수다

실컷 구경하면 그만이라는 배짱을 다져보았다. 그런데 A19 게이트 화살표는 정면에도 있고 좌측에도 있었다.

정면으로 가야 할지 좌측으로 가야 할지 혼란스러웠다. 동양인으로 보이는 사람들을 그냥 지나치지 않았다. 황급히 물었다. 코리언? 코리언? 차이니스 또는 재패니스라고 대답하면 한숨을 내쉬고 또 정면을 향해 뛰었다. 기내용 가방 끄는 소리가 가쁜 내 숨소리보다 더 요란을 떨었다.

프랑크푸르트 공항에서 인솔자를 놓치리라고는 생각해본 적이 없었다. 지인과 동반자는 없었지만 순조로운 여행이 될 거라 믿었다.

사람은 너무 막막하면 주저앉아버리거나 마구 서두르는 두 부류로 나뉘는 것 같다. 나는 주저앉는 대신 A19 게이트만 찾으려고 서둘렀다. 무슨 방법을 써서라도 이 어려움을 이겨내야 한다고 마음을 다지면서.

이정표만 보고 무작정 뛰었다. 두 개의 화살표가 나를 혼란에 빠뜨렸다. 취리히로 가는 A19 게이트를 찾아갈 수 있을 거란 막연한 자신감마저 흔들렸다. 가다 말고 우뚝 서서 입력되지 않은 인솔자 전화번호를 뒤적뒤적 찾아 통화를 시도했다. 알아들을 수 없는 외래어 멘트만 나올 뿐 연결이 되지 않았다. 설마 선진국 독일에서 핸드폰 연결이 안 되겠어! 또 누르고 또 눌렀지만 여전히 똑같은 안내 멘트만 반복해 들어야 했다.

다리가 천근만근 무겁고 팍팍했다. 외교부에서 온 안내 문자가 떠올랐다. 위기에 처해 있을 때 긴급히 연락하라는 메시지는 최후의 보루였다.

한국인들을 만나기만 학수고대하며 걸었다. 동양인들과 몇 번을 스치면 놓치지 않고 물었지만 한국인은 없었다. 먼 나라 넓은 국제공항에서 한국인을 만난다는 것은 그리 쉬운 일은 아니었다. 살기 좋아져 여행을 많이 다닌다지만 70억이 넘는 세계의 인구 중에 우리나라 인구는 고작 5천만에 불과했다. 하지만 포기하지 않았다.

맞은편에서 멋진 신사 둘이 걸어오고 있었다. 동양인 치고는 키가 훌쩍 컸다. 요즘 우리나라 젊은이들은 중국인과 일본인보다 키가 크고 체격도 좋다. 혹시나 하고 코리언? 하고 물었다. 그러면서도 발걸음을 재촉했는데 한

여자들의 여행 수다

국인이라고 했다. 나는 뛸 듯이 반가웠다. 단번에 긴장을 풀고 편하고 편한 우리말로 물었다. 취리히로 가기 위해 A19 게이트를 찾는데 이정표가 헷갈리게 한다고 했다. 젊은이들은 친절하게 안내해줬다. 입국 A19 게이트가 있고, 출국 A19게이트가 있는데 내가 찾는 곳은 2층으로 올라가 직진하다가 우측으로 가면 된다고 했다.

자신 있게 발걸음을 옮겼다. 숨통이 트여 살 것 같았다. 시간만 늦지 않으면 인솔자를 만날 수 있다는 확신에 차 있었다. 화살표를 따라가도 A19 게이트는 계속 따라오라 손짓만 하지 나오지 않았다. 참으로 멀고도 먼 길이었다. 5월 초 유럽의 날씨는 싸늘했지만 온몸이 땀에 흠뻑 젖어 들었다.

늦지 않아야 한다는 마음에 힘든 줄도 모르고 뛰었다. A19 게이트, A19 게이트, 머릿속이 쥐가 나도록 되뇌었다. 아무것도 보이지 않았고 아무 소리도 들리지 않았다. 오직 A19 게이트만이 나를 진두지휘하고 조종했다.

얼마를 걸었을까? 다리가 아프기 시작했다. 오래 걷기도 했지만 무리하게 뛴 탓이었다. A19 게이트에 다다랐을 때는 한쪽 다리를 질질 끌고 있었다. 그럼에도 불구하고 빈 의자에 앉아 있을 수가 없었다. 우선 취리히로 가는 비행기 탑승 수속이 끝났는지 물어야했다.

흑인 여자는 단호하게 말했다. 조금 있으면 시작한다고 기다리라고 했다. 나는 그래도 혹시 잘못 알아들었나 하고 또 물었을 때 그녀는 짜증 섞인 말투로 투덜댔다. 안도의 한숨이 나왔다. 가슴을 쓸어내리며 혹시나 하고 함께 비행기를 타고 왔던 익숙한 얼굴들을 찾아 헤맸다. 그들도 주변 어딘가에 앉아 기다리고 있는 것 같아 한국말을 찾아 귀를 기울였다.

대충 한 바퀴 돌아보고 의자에 앉았다. 아직 일행들이 오지 않았다면 나를 찾느라 늦을 수도 있을 거라는 걱정이 몰려들었다. 인솔자 전화번호를 수없이 눌렀지만 여전히 통화는 이루어지지 않았다. 하는 수 없이 A19 게이트 앞에 와 있다는 메시지를 남기고 기다리는 수밖에 없었다.

일행이 오는지 촉각을 세우느라 편히 쉴 수 없었다. 눈을 부릅뜨고 오가는 사람들을 바라보고 있을 때 전화벨

여자들의 여행 수다

이 울렸다. 인솔자였다. 어디세요? 해놓고 음이 끊겼다. 나는 큰 소리로 A19 게이트라고 했지만 저쪽에서는 잘 들리지 않는지 묻고 또 물었다. 자신들은 A19 게이트로 오는 버스를 기다리고 있으니 꼼짝 말고 기다리라 했다. 통화음이 끊겼다 이어지고 끊겼다 이어지면서 간신히 서로의 의사를 전달했다. 로밍을 하지 않은 탓이기는 하겠지만 참으로 어려운 통화였다. 대단한 선진국으로 알고 있던 독일의 이동통신 수준이 우리나라에 비하면 아직 멀었다는 생각이 들었다. 가난 때문에 파견된 우리 간호사와 광부들의 숨결이 묻혀 있는 나라. 선진국 독일을 앞지른 IT 강국인 대한민국의 국민이라는 게 뿌듯했다.

이제 기다리기만 하면 된다. 긴장이 풀려서인지 의자 깊숙이 몸이 꺼져 들어가는 느낌이었다. 버스를 타야 하는 먼 거리를 혼자 걷느라 고생했구나, 피식 실소를 하는 순간에도 인솔자를 기다리는 간절한 마음은 지나는 사람들을 힐끔거리게 했다.

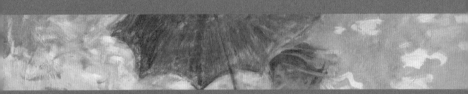

Cho Yeon Hyang

조 연 향

잃어버린 시간을 찾아서

시카고에서 외친 메이드 인 동대문 프라자

조연향

경북 영천에서 태어났다. 경희대학교 대학원 국문과에서 박사학위를 취득했으며, 1994년 『경남신문』 신춘문예, 계간지 『시와 시학』 신인상으로 등단했다. 저서에 『김소월 백석 민속성 연구』, 시집으로 『제 1초소 새들 날아가다』 『오목눈숲새 이야기』 『토네이토 딸기』 등이 있다. 현재 경희대와 육군사관학교에 출강하고 있다.

잃어버린 시간을 찾아서

           막 이른 봄빛에 물든 바깥 풍경은 고요했지만, 내 머릿속에는 온통 서울에 두고 온 가족 걱정뿐이었다. 해남에 도착했을 때는 해가 뉘엿뉘엿 서산을 넘어갈 때였다. 해남읍에서 최종 목적지인 땅끝마을까지는 아마 승용차로 약 30분 정도의 시간이 소요되는 거리다. 해남읍에서 간단한 저녁 요기를 하고 밤길을 달렸다. 기름진 논밭을 사이에 두고 겨우 차가 다닐 수 있는 2차선이었다. 그때만 해도 GPS가 상용화되지 않아서 밤길의 방향이 맞는지, 중간쯤 지나는 사람이 있으면 차를 멈추고 어두운 길을 묻고 물어서 땅끝마을로 향했다.

우리는 주말부부였다. 남편은 서울을 떠나 지방에서 근무를 하고 있었다. 그때가 언제였던가 까마득하다. 아이들 셋은 한창 중·고등학교 다닐 무렵이었고, 건강이 좋지 않은 아버님도 늘 신경을 써야 하는 상황이었다. 이 주말에는 근무지였던 창원에서 합류해 해남을 거쳐 땅끝 마을을 가자고 간만의 여행 계획을 세웠다.

밤길은 그리 어둡지만은 않았고 숨통이 조금은 트이는 것 같았다. 종착지까지 얼마간의 시간이 남았든지 상관이 없었다. 땅에 끝이 있다는 말인가, 바다와 땅과의 경계선이라는 말이겠지 땅끝이라도 좋고, 시작이라 해도 좋을 그곳을 확인하러 가는 느낌은 괜찮았다. 온통 캄캄한 논밭 사이에 길은 좁다랗고 길게 뻗어 있었다. 정겹게 불빛이 반짝이는 것을 보면 띄엄띄엄 작은 마을들이 잠들어 있는 것 같았다. 초봄의 원정은 비밀스러웠다. 우리가 탄 차밖에는 다른 차가 거의 없었기 때문인지도 모르겠다.

여자들의 여행 수다

해남 땅끝마을

조연향 _ 잃어버린 시간을 찾아서

드디어 저녁의 땅끝마을에 도착했다. 오늘 밤은 바다와 땅의 경계에서 하루를 묵는가, 마음을 많이 써야 하는 가족들을 다 두고 감행한 봄날의 여행, 맘 한쪽은 무거웠지만, 새로운 곳에 대한 설렘을 어찌 막을 것인가,

차에서 짐을 내리는데 어라차 내 지갑이 없어졌다. 분명 차 포켓에 넣어둔 것 같은데 말이다. 방파제 밤물결 소리가 제법 깊어지고, 물비린내가 코끝을 적시는데, 눈앞 숙소의 불빛이 깜박거리는데, 지갑이 없다니. 모든 계획은 엉망이 되는 순간이었고 머리가 멍해졌다.

분명 해남 식당에서 밥을 먹을 때 있었던 것 같은데, 어디서 잃어버렸는지 알 수 없었다. 내 지갑은 좀 큰 편이었다. 카드와 현금, 주민등록증, 그리고 아끼던 액세서리 등등. 아, 그것을 잃어버리면 안 되는데, 모든 것이 다들어 있는데…….

분명 잃어버렸다. 나는 허탈해서 어쩔 줄 모르는데, 그는 옆에서 아무 말이 없다. 속으로 화를 참고 있는 것 같았다. 그냥 지갑을 찾으러 해남으로 다시 돌아가자. 알았

여자들의 여행 수다

어? 나는 그의 의견에 따를 수밖에 없었고, 나 역시 잃어버린 그것에 대한 포기가 되지 않았다. 그래 찾으러 가보자. 식당에 있으면 얼마나 좋을까,

찾아서 다시 꼭 여기에 오리라 생각하고 되돌리는 차 머리에 다짐했지만, 바다를 향해서 올 때 그 설레던 마음은 어디 가고 길은 어둡고 멀었다. 천 리나 될 것 같은 기분으로 해남에 다시 돌아왔다. 아직 식당은 문이 열려 있었다. 확인했으나 그 식당에는 지갑이 없었다. 잠시 들렀던 슈퍼마켓에도 없었다. 아, 영영 못 찾는 것일까. 내 빈손에 자꾸 맘이 간다. 쓰다듬고 만지던 것이 없어진 기분은 꼭 누구와 이별한 느낌이다. 아니 나를 다른 곳에 둔 것 같았다. 결국, 땅끝마을은 포기하고 허름한 해남 여인숙에 들었다.

잠을 청하는데 잠이 오지 않았다. 이게 뭐람. 잃어버린 지갑이 아깝기도 했지만, 나를 이해하거나 위로해주지 않는 그가 더 야속하다. 내가 일부러 잃어버린 것도 아닌데, 돌아누워서 얼음덩이처럼 말이 없다. 에구, 말

자 말아. 내가 언제 위로라도 받아보고 살았던가. 그래, 마음을 접자. 내일 아침에는 내가 기필코 먼저 이 여인숙 방문을 박차고 뛰쳐나가리라, 그가 잠 깨기 전 서울행 버스를 타고 홀연히 떠나리라,

신혼 때가 생각났다. 첫아이를 가졌을 때였다. 서울 변두리 단칸방에 신접살림을 시작했다. 그는 며칠 지방 출장을 갔고 나는 그 틈을 타 대구 친정에 다니러 갔던 것이 화근이었다. 집에 도둑이 들었다는 집주인의 연락을 받았다. 집이래야 다락과 방 한 칸, 연탄불을 피우는 부엌이 우리 공간의 전부였다. 결혼 패물을 몽땅 다 털어서 간 것도 간 것이지만, 집이 좁아 다 풀지 못하고 쌓아두었던, 친정에서 정성껏 준비해주신 갖가지 짐들을 온통 다 뒤집어놓은 것을 마주하고는 아연실색할 수밖에 없었다. 뒷정리를 다 하고 새벽에야 자리에 누웠지만, 그는 말이 없었다.

그래도 결혼 6개월 신접살림 단칸방이 영원히 잊히지 않는다. 좁은 부뚜막에서 미나리를 무치고 작은 밥상에

여자들의 여행 수다

둘이 마주 앉아 밥을 먹던 시절, 한창 입덧이 심했을 때 남편 회사 직원이 사다준 수박을 냉장고에 넣어두고 아껴 먹던 그 여름의 단칸방을 잊을 수 없다.

어디선가 동백꽃이 피고 있을 것 같았다. 사실은 동백꽃이 보고 싶었다. 물새 울음소리를 듣고 싶었다. 벼랑 끝에 서서 지도에서 보았던 그 경계선, 땅의 끝에 서면 어떤 기분일까, 그곳에 서면 지금까지 걸어온 길들이 조금은 아름답게 기억이 될까, 삶의 희망을 생각할 수 있을까, 뭔가 절실히 느껴보고 싶었는데, 밤길을 물어물어 찾아갔는데, 허사가 되다니 잠이 오지 않았다. 하, 서울로 다시 올라간다.

그래, 패잔병처럼 내 왔던 길을 쓸쓸히 돌아가는 길도 괜찮으리라. 가보지 못한 길은 더 아름다운 것이야. 이런 생각까지는 하지 못했다. 사실은 좀 추운 마음으로 잠이 겨우 들었다.

그런데 맑은 샘물에서 물을 길어 올리는 꿈을 꾸었다. 새벽녘 부스럭 부스럭 소리에 눈을 떴다. 그는 옷을 주워 입고 있었다. 아이구, 내가 먼저 떠나야 하는데 늦었네!

나는 또 숙소 문을 나서는 그를 따라 나갔다. 지난밤 먼저 뛰쳐나가리라 생각했는데, 눈발이 제법 굵게 뿌려지고 있었다.

이왕 왔으니 땅끝 구경을 하고 가아. 그곳에 가서 아침밥 먹자. 알았어. 화가 좀 누그러졌네! 어젯밤 설레던 기분으로 달리던 길을 다시 달린다. 어젯밤 가봤으니 묻지 않아도 길을 잘 가네. 이제 조금 부옇게 마을이 깨어나고 있었다. 저들은 알고 있을까 애처로운 이방인이 이 밤길을 지나쳐 갔다는 것을……. 여전히 길은 길고 좁다랗게 저 바다 끝까지 평원을 끼고 뻗쳐 있었다. 아침 연기가 높이 눈발과 섞이면서 하늘로 치솟고 있었다. 어지러웠던 지난밤은 이미 지나갔고 아무 일 없었던 것처럼 눈앞 평화롭게 펼쳐진 풍경이 새삼 낯설어서 더 좋았다. 지난밤의 혼란은 꿈같았다.

갑자기 그가 소리쳤다. 저기 저거 뭐야. 그리고 차를 세웠다. 어머나, 내 지갑이네. 2차선 도로와 밭두렁 경계

여자들의 여행 수다

선에 검은색 가죽 지갑이 눈발에 살짝 모습을 드러내고 있었다.

꼭 검은 비닐봉지가 뒹구는 것 같은데 어떻게 알았지. 눈도 밝아라. 어머, 당신 정말 대단해. 어떻게 그걸 봤어!

나는 지갑을 들고 그 자리에서 방방 뛰었다 지퍼를 열었더니 낯익은 것들이 그대로 다 있었다. 주민등록증, 현금, 액세서리, 카드……. 그의 얼굴이 활짝 폈다. 내 지갑 찾았는데 자기가 왜 그렇게 좋아? 누구의 잘못이었던가. 밤길을 달리면서 중간쯤 길을 물었을 때 차 포켓에 두었던 지갑이 떨어졌던 것이었다.

땅끝마을에 도착했을 때는 물새가 끼룩거리고 있었다. 간혹 그곳에서 밤을 새운 여행객들이 배회하고 있었다. 배가 고프니까 아침 식사부터 해야지. 그날 아침에 먹었던 매생이국은 지금껏 재현해봐도 그 맛이 나지 않았다. 파란 국에 듬뿍 들어간 굴과 조개의 맛은 바다 냄새를 그대로 품고 있었다.

돌아누워서 눈물을 삼키며 동백꽃을 생각했던 지난밤,

그래 그때는 맘속으로 시를 쓰지. 누구에게도 위로받을 수 없는 내 감정이 곧 한 줄의 시에 닿을 수 있었으므로, 긴 시간을 건너올 수 있었는지도 모르겠다. 땅끝에 서서 저 먼 바다를 쳐다보았다. 누군가 바다 물빛은 하늘이 결정하는 것이라 했었는데 사실 하늘과 바다 물빛은 같은 색으로 출렁인다. 눈을 뜨면 또 하루가 시작되지만, 시간은 희망과 행복의 언어로만 속삭이지 않는다. 우리가 돌아서서 어느 쪽으로 가든지 각자의 몫이다. 많은 시간이 흘러갔고 아직 많은 시간이 남아 있다. 언제나 눈을 뜨면 살아내야 할 희망, 혹은 당위성 그런 것과는 상관없이, 바닷물이 출렁인다. 잃어버린 것을 다시 찾은 것처럼 천천히 의식을 찾고 숨을 몰아쉬는 것이다. 무엇이든지 내가 가지고 있던 것을 잃어버린다는 것만큼 슬픈 일은 없을 것이다. 그러나 내가 버리지 않아도, 언젠가 다 떠나가는 것들, 혈육이나 시간, 그리고 나의 삶의 궤적들.

땅끝에 갔으나 끝 모를 일이었다
먼 길 끝에 부르튼 발을 뻗어 까만 잠에 들거나

여자들의 여행 수다

고요한 별빛에 잦아들어

사각사각 바람의 눈물겨운 이야기 듣고 싶었으나

발끝을 묻어줄 모래집은 없었다

우리 어떤 사랑의 끝도 저러하리라

끝은 완성이 아닌 또 다른 절망이 바라보이는 곳

파도는 높은 절벽에 부딪히며

피었거나 아직 피지 않은 동백꽃길까지

제 발목 짓무르도록 경계를 넘고 싶은

그 그리움을 애써 지우고 있다

맞닿아서 핥아줄 서로의 발을 내밀어라

시퍼런 바람을 나누어 먹으면서

또다시

나는 피지 않은 동백꽃길을 돌아나온다

— 졸시, 「회향」

　　이 시를 다시 읽으면 그 냉랭했던 여인숙과 신혼집의 밤공기가 겹쳐서 떠오른다. 또 갔던 길을 다시 돌아 나오거나 더 먼 길을 떠난다. 한 번도 가보지 못한 미지의 시간을 향해 직진할 뿐이다. 지금껏 잃어버린 것이, 나를 성숙시켜주었는지도 모른다. 나는 고통과 쓸쓸함과 패전을 두려워했고, 내 인생의 난제를 다 해결하고 언젠가 자유롭고 평화로운 날들을 기다리기도 한다. 결코 찾지 못할 행복도 없고, 찾을 수 없는 불행의 원인도 없다. 동백꽃만 보면 그때가 생각난다. 가끔 지난날 거쳐 온 곳을 다시 가보고 싶은 것은 나이를 먹어간다는 징표일까. 다시 가보고 싶다. 그럴 때마다 서울행 버스 속에서 썼던 저 시를 다시 음미해본다. 내가 버리지 않아도 떠나가는 것들, 내 앞에 남아 있는 것들을 소중히 생각하며 피지 않은 동백길을 돌아 나오는 것처럼, 이 봄이 가고 있다.

여자들의 여행 수다

시카고에서 외친
메이드 인 동대문 프라자

이 글은 시카고에서 머물렀던 어렴풋하고 어설픈 단상들이다. 오랜 유학 과정을 마치고 딸네 가족이 곧 귀국할 것 같았으므로, 나는 마지막으로 머물 기회를 가질 수 있었다.

시카고 시내와는 조금 떨어진 곳, 시카고대학 부근 하이드파크 53번가에서 한 달여 간의 기억은 파편적이기는 하지만 나름 인상적으로 남아 있다. 나는 주로 혼자 그 마을 주위를 산책하기도 했고, 기차를 타고 시카고 시내를 배회하기도 했다.

이 마을에서 매주 열리는 작은 시장을 구경하는 것도

재미있다. 주민들이 직접 구운 빵과 과자를 살 수 있으며, 잼과 치즈, 식료품과 다양한 먹거리를 저렴한 값으로 사고 파는 일일 시장은 우리 시골장 같기도 했다. 감자와 사과, 갖은 과일과 채소도 제법 싱싱하다. 피부색이 검은 아름다운 여자들이 많이 흥청거렸고, 가끔 흥겨운 축제가 열리면 온 마을이 들썩거렸다. 그런데 이런 곳에서 느닷없이 내 차림새가 그들에게 더 요상하게 보였나, 내가 감자를 고르고 있는데, 갑자기 어떤 미국인은 어디서 왔냐고 묻는다. 한국에서 왔어요. 오, 코리아. 그런데 갑자기 뒤에 있던 어떤 흑인 여자는 내가 신은 신발을 가리키며 어디서 샀느냐고 묻는다. 오, 이 신발! 사실 그 가죽

샌들은 내가 생각해도 너무 독특하기는 하다. 색깔은 검은색, 전체가 통굽이고 구멍이 동전 크기만큼 숭숭 뚫려 있는데 앞에 꽃이 하나 달려 있다. 무척 편했

여자들의 여행 수다

으므로 여름 내내 끌고 다녔다. 선배 시인과 같이 동대문 프라자 쇼핑을 하러 갔는데, 유독 멋쟁이이신 선배님께서 자꾸 어울린다고 권했던 것이다.

몇몇 사람들이 갑자기 나를 삥 둘러싸서 내 샌들과 내가 입은 옷이 신기한 듯 이쁘다, 아름답다를 연발한다. 여기에 사는 흑인들은 비교적 부유하고 여유가 있는 편이라 굉장히 화려하게 치장을 하는 편이다. 그런데 이들은 왜 이럴까. 내가 들고 있는 싸구려 백, 내가 입은 동대문표 꽃무늬 패션, 그리고 통굽의 요란한 듯한 샌들이 조금 웃기게 보였나. 그들은 오 뷰티풀을 외치면서 신기한 듯 요란을 떨었다. 오, 이러기는 또 생전 처음이다. 내가 마치 동물원 원숭이가 된 것 같기도 했다.

아마 이 황인종이 좀 티 나게 보였나. 옆에 있던 딸네도 우스워 죽겠다고 배꼽을 잡는다. 그래서 내가 큰 소리로 말했다. 메이드 인 코리아, 동대문 프라자 소리쳤더니 오우 동대문 프라자! 하면서 엄지를 치켜든다. 너무 웃기다. 왠지 기분이 나쁘지는 않았다.

오는 길에는 마트에 들러 우유와 고기와 음료수 등을

오바마와 미셸 여사의 첫 키스 장소

유모차 뒤에다 싣고 집까지는 한참을 걸었다. 골목을 사이에 두고 연립주택 같은 3층이나 4층 집들이 가지런히 늘어서 있다. 창문과 집 앞 작은 정원에는 예쁜 꽃들이 피고 진다.

　조금 가면 오바마와 미셸 여사가 첫 키스를 했던 장소가 있다. 차가 두 대 정도 세울 수 있는 작은 레스토랑이다. 그 모퉁이에 기념비석이 있었다. 아주 작은 비석. 그

여자들의 여행 수다

들이 젊은 시절 키스를 하는 사진, 사람들이 지나가다 음료수를 뿌릴 것 같기도 하고, 담뱃불을 흘릴 것 같았지만 나지막하게 자리 잡고 있었다. 집에 와서도 일일 시장에서 있었던 일들을 다시 이야기하며 한바탕 더 웃었다. 딸은 참 이상하네! 내가 보기에는 엄마 너무 후지고 촌스러운데…… 하고 놀려댄다.

그다음 날은 일요일, 딸네 가족은 교회에 가고 나 혼자 길을 나섰다. 길과 사람들은 낯설었지만, 좀 더 서쪽으로 간다. 한 30분 정도 걸었을까, 넓은 공원이 나왔다. 아름드리 나무들이 제멋대로 자라고 있었고, 중간중간 운동장에는 많은 사람이 운동하고 있었다. 벤치에 앉아 있는데 어디선가 풀을 태우는 냄새가 났다. 어린 날 메뚜기를 불에 구울 때의 냄새, 모깃불 같은 냄새. 아마 대마초 냄새 같았다. 화장실에 갔는데 아름다운 흑인 여자가 눈인사하면서 웃는다. 하이, 나도 인사했다. 피부색이 검은 그 여자에게도 풀을 태운 냄새와 향수 섞인 냄새가 났다. 나는 도로를 건너서 북쪽의 낯선 골목으로 들어간다.

사실 그곳은 며칠 전 딸과 같이 와보았던 길이다. 엄

마, 저기, 오바마가 여기 학교 교수 시절 살았던 집이야. 이층집인데 문이 잠겨 있다. 단지 미국 국기가 바람에 휘날리고 있다. 미국 대통령이 살았던 집인데 너무 소탈하게 해놓았다. 그냥 있는 그대로, 별반 손을 댄 흔적이 보이지 않았다. 다만 집 둘레에는 많은 나무가 집 울타리를 치고 있었다. 몇 사람이 와서 집을 돌아보고 있었다. 그쪽에서 조금 떨어진 맞은편 길가 유대인 교회가 있다. 유대교는 일요 예배가 없다고 들었다. 교회는 조용한데, 그 앞에 화단의 꽃을 손보는 사람이 있을 뿐이다. 가끔 애완견을 데리고 뛰는 사람이 보인다. 너무나 고요하고 문이 굳게 닫힌 유대 교회 앞에서 쉬이 떠나지 않고 그 건물을 올려다보았다.

언젠가 보았던 영화 〈쉰들러 리스트〉가 생각났다. 전쟁하는 동안 축적한 재력을 바탕으로 유대인의 몸값을 쳐주고 1,100명의 리스트를 작성해서 체코 공장으로 빼내어 일하게 한다. 아우슈비츠로 보내져야 하는 사람들을 살려내는 실화, '한 생명을 구한 자는 전 세계를 구한 것이다.' 쉰들러에게 감사의 표시로 노동자들이 만들어

여자들의 여행 수다

유대인 교회

준 반지에 새겨진 탈무드의 글귀가 설핏 떠오르기도 한
다. 이 성역에서 풍기는 느낌은 너무 평온했다. 들리지
않는 기도 소리가 들리는 듯했다.

예배 소리가 들리지 않는
교회를 지날 때 우리는 더 평화롭다.
오늘은 기도가 없는 날

랍비들이 꽃나무를 돌보고 있다

흰 수국이 창자를 드러내고 흙손에 몸을 맡기는 풍경

한 번도 신의 목소리를 알아들은 적 없어도,

순교 따위는 몰라도

사할 죄가 없을 것 같은 흰 수국 송이

기도 소리가 들리지 않는 조용한 골목을 물들인다

대리석 높은 담장과 교회 첨탑지붕 아래 꽃들을 바라
보며

꽃 속에도 왜 전쟁이 없었겠는가, 핍박이 없었겠는가

더 이상 평화롭지 않고 평화로운 혼돈의 세계

문득, 내 고국에 돌아가 꽃나무를 가꾸고 싶었다

자신이 태어난 곳에서 참수하고 싶은 꽃빛

흙구덩이를 파거나

삽질하는 일도 평화를 가꾸는 일

예배 소리가 들리지 않아도

꽃들의 그림자에는 신의 목소리가 피어난다

꼬리가 긴 개를 끌고 여러 인종이 바람처럼 지나고

꽃대를 일으켜 세울 때 간신히 오늘이 깨어날 것 같다

여자들의 여행 수다

랍비들이 엎드려 꽃의 율법을 듣고 있을 때,

— 졸시, 「유대인 교회를 지나며」

　나는 이런 시상(詩想)을 떠올리며 한참 골목길을 걸어서 집에 도착했다. 엄마, 왜 그렇게 오래 걸렸어? 아, 저기 서쪽에 있는 큰 공원에 갔다가 건너편 유대 교회가 있는 그 길도 갔다가 왔지. 엥, 거기는 워싱턴 파크인데. 흑인들이 노는 공원이야. 그쪽으로는 우리는 절대 안 가, 큰일 나. 화장실도 갔는데, 친절하게 눈인사도 하던데. 사위도 놀라는 표정이다. 아, 숲속 운동장에서 신나게 놀던 이들이 다 흑인들이라고 한다. 왜 오바마도 흑인이고 미셸 여사도 흑인이잖아. 하기야 백인도 더 무서운 갱들이 있다.

　밤이 늦도록 도로에서 들려오는 사이렌 소리, 불자동차 소리, 폭죽 터뜨리는 소리. 밤에는 사람들은 잘 다니지 않는다고 했다. 이곳에 비하면 우리나라의 치안은 안정적인가? 멀리서 들려오는 폭죽 소리와 총기 소리는 구별이 되지 않는다. 그렇듯이 시카고 시내는 더 위험하다

시카고 운하

고 했다.

　그곳에서 시카고 밀레니엄 파크까지는 기차를 타고 30
분 정도 가야 한다. 미시간 호수 물을 도심으로 끌어들여
서 운하가 도시 전체를 가로지른다. 관광선을 타고 물결
위에서 바라보이는 건축물은 말로 표현할 수 없이 아름

여자들의 여행 수다

답다. 도시는 2층으로 되어 있어서 전체가 기하학적인 조화를 이루고 있다. 호수에서 배를 타고 도심으로 들어가는 과정은 동화적이고 신화적인 느낌마저 든다. 운하의 수문을 열고 물을 뺀 다음 우리가 탄 배가 그 물길을 따라 도시 속으로 들어간다. 장화를 신고 건물이 물에 둥둥 떠 있는 듯했다. 현대의 기술로 이루어진 이 신비한 느낌.

시카고는 1871년 대화재 이후 세계적인 계획도시, 건축의 도시로 재탄생했다. 마구간에 초롱불이 있었는데 말이 뒷걸음질하다가 그 초롱불을 발로 차서 삽시간에 시카고 시내까지 불이 옮겨 붙었다고 한다. 아마 바람이 몹시 불었으리라.

112층 밤 마천루의 불빛을 내려다보면서 인간이 쌓아 올린 이 문명의 무늬에 새삼 감탄하지 않을 수 없다. 반면 낡은 지하철은 위험해 보였고 심한 소음과 함께 도시의 공중을 휘돌아가는 거미줄 사이로 아련해지는 건물과 건물 사이, 범죄와 총기 사건의 어두운 분위기를 동시에 느끼기도 했다. 인류가 여기까지 오는 동안 수없이 겪어야 했던 전쟁과 역병, 신은 우리에게 신의 능력을 주었으

되, 그 과보도 함께 주었던 것 같다.

한낮에는, 무더운 햇살 아래 미시간 호수 모래사장에서 휴일을 보내는 인파들, 넓은 평원과 끝없이 넓은 호수가 부러웠다. 언제 또 올 수 있으려나.

아쉬운 순간들을 뒤로하고 공항에서 출국 절차를 받을 때가 왔다. 내가 신은 신발이 문제를 일으키고 말았다. 공항 검색대에서 걸렸다. 샌들은 꽤 두꺼운 통굽이어서, 그 속에 마약, 혹은 밀수품을 숨겼을 거라는 의심을 받았던 것이다. 신발은 몸집이 큰 여자 검수원에게 빼앗기고 맨발로 깊숙한 사무실로 따라 들어갔다. 격리된 채 한참 동안 세밀한 검색을 받아야만 했다. 겨우 내 샌들은 풀려났다. 오, 맙소사. 이게 무슨 일이람. 샌들을 끌고 막 뛰었다. 안 그래도 시간이 좀 늦었는데, 비행기를 탈 수 있을까. 게이트 번호를 잘못 보았다. 나는 마치 갱단에게 쫓기는 범인 같기도 하고, 억울한 누명을 쓰고 쫓기는 이방인 같기도 했다. 출구의 방향을 잘못 찾아 허둥지둥 다시 뒤를 돌아서 게이트를 겨우 찾았다. 한국행 비행기를 기다리는 한국 사람들이 태연하게 의자에 앉

여자들의 여행 수다

아 있었다.

꽃 속에도 왜 전쟁이 없었겠는가?
더 이상 평화롭지 않고 평화로운 혼돈의 세계
문득, 내 고국에 돌아가 꽃나무를 가꾸고 싶었다

나는 이런 아찔한 기억을 하면서, 시카고를 떠올린
다. 신발은 마약과 밀수품을 기억하며 국경을 넘었고,
온갖 인종의 발자취를 스쳐온 어떤 날들을 기억할 것이
다.

최 명 숙

Choi Myung Sook

문학이 준 여행 선물

백두산, 기시감과 비약 사이에서

최명숙

산 높고 골 깊은 산골마을, 언제나 그립고 가 앉고 싶은 그곳, 충북 진천에서 태어
나고 자랐다. 가정학과 유아교육을 전공하여 12년 동안 어린이집을 운영했고, 불
혹의 나이에 꿈을 꾸던 문학을 공부하여, 동화작가와 소설가가 되었다. 가천대학
교 대학원 국어국문학과 졸업. 현재 가천대학교에서 강의하며, 노년문학 연구와
창작에 관심을 갖고 있다. 저서로『21세기에 만난 한국 노년소설 연구』『문학콘텐
츠 읽기와 쓰기』『문학과 글』, 산문집『오늘도, 나는 꿈을 꾼다』가 있다.

문학이 준 여행 선물

　　사람에게는 생각하지 못한 일
이 왕왕 일어나기도 한다. LA 여행이 그랬다. 그곳에 있
는 재미수필가협회 창립 20주년 문학 세미나에 강사로
초청받아 가는 길이었다. 내게 찾아온 행운과 같은 기회,
그 배후에는 여러 가지 상황과 만남 등 좋은 기운들이 작
용했겠지만, 가장 좋은 배후는 문학이다. 우리나라에 훌
륭하고 고명한 교수와 작가가 수없이 많을 텐데, 무명작
가나 다름없는 나를 초청하다니, 문학이 내게 준 선물이
었다.

　어릴 때 작가를 꿈꾸었고, 늦게 꿈을 이루었다. 지금까

지 만난 숱한 인연들, 문학을 가르쳐주신 선생님들, 글쓰기의 토양이 된 내가 자란 고향과 가족들, 지나는 바람과 스쳤던 사람들, 울고 웃었던 삶의 골짜기들, 전혀 생각해 보지 못한 해외 초청 강연. 삶의 여정 속에서 내게 일어나고 있는 모든 게 꿈같았다. 내가 만난 문학을, 소박하고 진정성 있게, 멋 부리지 않고 전하리라. 진심은 어디든 통하는 거니까.

LA 공항에 도착하면서부터 모든 일정은 순조로웠다. 협회 임원들의 깊은 배려와 성의에, 마음의 고갱이를 읽으며 금세 친밀감이 생겼다. 이틀간 우리나라 사람들이 제일 많이 산다는 LA 시내를 구경하고 맛있는 음식도 먹었다.

동행한 작가들에게 이민자의 삶과 문학에 대한 이야기를 들었다. 그들의 강인한 삶의 모습은 감동적이었고, 우리의 언어로 정서를 표현하고자 하는 작가정신은, 가슴을 뭉클하게 했다. 멋있었다. 그리고 훌륭했다. 숱한 문화적 충돌 속에서 지혜롭게 견디고 성실하게 살아온 그들이 아름다웠다.

여자들의 여행 수다

드디어 문학 강연 날이다. 호텔 세미나 룸으로 문학에 관심을 가진 사람들이 예서제서 몰려들었다. 우리의 언어로 그곳의 삶과 개인의 정서를 그려내고자 하는 그들의 열정은 뜨거웠다. 문학에 목마른 듯 간절한 눈망울, 진지하고 행복한 표정이 나를 사로잡았다. 우리 모두 문학이 주는 기쁨에 환호했다. 그날의 감동과 느낌을 어찌 다 말하랴! 아니, 하고 싶지 않다. 언어가 가지고 있는 제한성 때문에, 어떤 글재주로도 다 표현할 수 없으므로. 생각만 해도 문학이 고맙고, 지금 그곳에서 만났던 사람들이 그립다.

강연을 마치고 협회 회장인 김 작가가 내게 공로패를 전달했다. 어떤 공로가 있다고 그걸 준비했을까. 아마도 의례적인 것 같았다. 멀리까지 왔다는 고마운 마음의 표현으로 주는. 동그스름하면서 가장자리에 모양을 낸 크리스털로 만든 패는 모나지 않으면서 예뻤다. 톡 치면 맑은 소리가 날 듯했다. 장식장 안에 넣어놓고 느낌을 즐기리라. 햇빛을 받으면 눈부시게 빛나겠지. 아침에 차를 마시며 바라보면 더욱 좋을 것 같았다. 우리는 같이 사진을 찍고 그 분위기를 한껏 즐겼다.

여럿이 사진을 찍기 위해 한 걸음 옮기는 순간이었다. 내 몸이 약간 기우뚱하면서 그만 패를 바닥에 떨어뜨리고 말았다.

쨍그랑! 와르르!

요란하고 맑은 소리와 함께 공로패가 산산조각이 났다. 너무도 민망하여 갑자기 몸에 열이 훅 났다. 더구나 불길한 예감이 온몸에 엄습해왔다. 담담한 척 미소를 지었다. 등줄기와 이마에 땀이 줄줄 흘렀다. 그 순간이었다.

"와아! 접시를 깨자! 짝짝짝!"

박수 소리와 함께 경쾌한 목소리가 터져 나왔다. 그곳의 원로인 유 작가였다. 얼굴에 웃음을 잔뜩 머금고 밝은 표정을 담아 소리쳤다. 거기에 있던 모든 사람들이 웃음을 터뜨렸다. 저 여유! 저 배려! 어디서 오는 걸까. 삶의 연륜일까, 아무래도 너그러움이겠지. 긍정적인 사유에서 오는 그런 것.

"선생님, 좋은 일 많이 생길 거예요! 서양에서는 접시

여자들의 여행 수다

를 깨면 앞으로 좋은 일이 생긴다는 말이 있어요. 그럴 징조예요."

유 작가는 내 앞으로 다가와 맑고 다정한 목소리로 말했다.

"우리가 늘 이용하는 곳이니 새로 하나 만들어드릴게요. 그냥 해줄 거예요."

김 작가와 이 작가도 안타까워하는 나를 다독여주었다.

불길한 느낌이 금세 사라졌다. 고정관념을 깨버렸으니, 내게 또 어떤 좋은 일이 생길까 기대되었다. 말 한마디, 생각의 전환이, 이렇게 위대할 수 있을까. 강연이 끝났다는 홀가분함과 이제 며칠 동안의 여행이 나를 기다린다는 기대감에, 설레는 마음까지 들었다. 접시보다 더 의미 있고 좋은 크리스털 공로패를 깼으니, 앞으로 더 좋은 날이 펼쳐지리라 믿었다.

다음 날 아침 일찍 몇 명의 그곳 작가들과 여행을 떠났다. LA에서 살리나스까지 1번 도로를 타고 달렸다. 푸르디푸른 태평양을 왼쪽에 끼고 덴마크 마을인 솔뱅까지 가는 길에, 우리는 바다를 바라보며 사진을 찍고 바람을 맞았다. 태평양을 보며 그 깊고 푸른 바다를 건너던 이민자들을 생각했다. 얼마나 노력하고 열심히 살았을까. 이민에 성공한 사람들은 대부분 치열하게 이국 땅에서 삶을 가꾸었으리라.

솔뱅에서 유명하다는 완두콩 수프 가게에 들러, 늦은 점심을 먹었다. 샐러드와 햄버그스테이크 모두 입에 맞았고, 명성처럼 수프도 맛있었다. 서빙을 하는 남자는 자그마한 키에 나이가 지긋해 보였다. 덴마크인 같았다. 미소 띤 그에게, 나도 살짝 웃어주었다.

샌타바버라 근처 예약한 콘도에 도착했다. 이미 깊은 밤이었다. 날이 밝아 일어나니 발코니의 야외용 식탁에 아침식사가 차려져 있었다. 큰 접시에 수북하게 담긴 LA갈비, 나물과 생선, 식탁은 풍성했다. 식탁 위로 드리워진 라일락 닮은 나무에는 하얀 꽃이 올망졸망 피어 나풀댔다. 햇살은 투명했고 바람은 소슬했다. 한여름인데도 그늘에 있으면 서늘했다. 우리는 느릿느릿 여유롭게 아

여자들의 여행 수다

푸르디푸른 태평양

최명숙 _ 문학이 준 여행 선물

존 스타인벡 기념관

침을 먹었고 커피를 마셨다. 도로에 차가 드물었고, 경적을 울리는 차도 없었다. 생경하지만 평온한 풍경이었다.

와이너리와 존 스타인벡 기념관을 보기 위해 콘도를 나섰다. 끝없이 펼쳐진 포도밭, 따갑게 내리쬐는 태양, 티 없이 푸른 하늘, 가도 가도 포도밭만 보이는 길. 존 스타인벡의 『분노의 포도』 등장인물과 그들의 삶이 떠올라 가슴이 아파왔다. 낙원을 찾아 캘리포니아로 가던 톰 조드 일가와 목사였던 케이시 등이 저 길을 걸었고, 저 포도밭에서 일했으며, 짓밟히고 착취당한 나날에 분노했으리라. 끝없는 포도밭이 폭력적으로 내게 다가왔다.

여자들의 여행 수다

잠시 들른 와이너리 앞 화원에는 갖가지 꽃이 피어 있었다. 햇살 아래 소담한 달리아, 사피니아와 금잔화, 맨드라미, 상사화까지 핀 것을 보고, 이국땅이라는 것을 잠시 잊었다. 파란 하늘과 꽃을 배경으로 사진을 찍었고, 파라솔 아래 의자에 앉아 이야기를 나누었다. 한유했다. 내게 이런 날이 얼마나 있었을까. 달리듯 숨 가쁘게 산 날들이 대부분이지 않을까. 그렇게 산 날들이 후회되진 않으나, 이제 숨 고르기 하며 살리라 마음먹었다.

몬터레이 카운티 살리나스에 있는 기념관에 도착했다. 잠시 눈을 감았다. 민중의 어려운 삶에 관심과 애정을 가진 휴머니스트였던 그에게 경의를 표하고 싶었다. 그의 문학정신을 기억하고 싶었다. 기념관 안을 탐방하며 영화 〈분노의 포도〉 배경음악을 흥얼거렸다. 이 작가의 다른 작품을 원작으로 한 영화 〈에덴의 동쪽〉의 배우 제임스 딘, 영화 세트, 사진 등도 전시되어 있었다. 기념관이 자리한 곳은 조용하고 평화로운 우리의 읍 정도 같았다. 그곳을 나서며 아쉬움에 자꾸 고개를 돌려보았다.

돌아오는 길에 보니 늘어난 게 두 가지 있었다. 잘 먹어서 불어난 내 허리 사이즈와 큰 가방이다. 커다란 가방에는 그곳 작가들이 챙겨준 갖가지 선물이 가득 찼다. 그것은 사랑이었다. 문학을 좋아하는 마음과 고국의 언어로 글을 쓰고자 하는 마음이 빚어낸. 문학 때문에 진 빚이니 좋은 작품으로 답하리라 생각하며 비행기에 올랐다.

두 번의 기내식을 먹었고, 한 편의 영화를 본 후, 잠이 들었다. 깨어보니 비행기는 어느새 인천공항 활주로에 내리고 있었다. 그곳에서 지낸 며칠이 꿈속인 양 아득해졌고, 집에 잘 돌아왔다는 안도감으로 가슴이 충만해졌다. 한여름 끝자락 공항 앞 버스정류장에서 새벽을 맞았다. 아직은 후텁지근한 바람이지만 그것도 정답고 반가웠다.

지금도, LA 시내 가로수 팜 트리, 다정하고 넉넉했던 작가들, 태평양 바다, 가도 가도 끝없는 포도밭, 와이너리에서 본 파란 하늘이 눈에 선하다. 모두 그립다, 무척.

여자들의 여행 수다

백두산, 기시감과 비약 사이에서

지린성은 넓었다. 옛 고구려와 발해의 땅이었던 이곳, 간도! 백두산에 가는 우리를 싣고, 창춘 공항에서 이도백하까지 관광버스는 6시간이나 걸리는 먼 길을 달렸다. 가도 가도 산과 들뿐이다. 차창 밖으로 보이는 나지막한 산과 그 아래 옥수수밭, 긴 시간 달려도 집 한 채, 사람 몇 보이지 않는 너른 들, 그 들에는 노란 민들레꽃이 지천으로 피어 바람에 흔들리고 있었다. 간혹 아까시꽃도 피었는데, 잎사귀는 없고 꽃만 묶음으로 피어 소담스러웠다. 이상스레 그곳의 풀과 나무가 낯설지 않고 친근하게 다가왔다.

언제 여기를 왔었나. 꼭 와봤던 곳 같다. 이 낯설지 않은 느낌, 무엇 때문일까. 이곳에서 살았던 몇천 년 전 우리 선조의 유전자를 내포하고 있는 작은 세포 하나가, 내 몸 어느 한 귀퉁이에 웅크리고 있다가, 비로소 기지개를 켜고 존재감을 드러낸 것일까. 그래서 몸이 기억하고, 기시감으로 나타난 것일까. 선조들 중 누군가는 이 산과 들을 달리며 수렵을 하고, 다른 부족과 전쟁을 했으리라. 또 이 땅 어느 한 자락에 집을 짓고 농사를 지으며 자식을 낳아 키웠을지 모를 일이다.

또 하나, 심연에 가라앉아 있던 작은 기억의 조각. 그건 오래전에 들었던 할머니의 오빠와 그 혈육들의 이야기이다. 열여섯 살 무렵이었다. 소쩍새 울음소리가 애절하게 들리는 봄밤. 예민한 감수성 때문에 더욱 잠을 이루지 못하던 밤. 그런 밤이면 소리를 작게 해놓고 라디오를 들었다. 마침 해외 동포들의 눈물겨운 사연이 담긴 편지가 작은 트랜지스터 라디오에서 흘러나오고 있었다. 주무시는 줄 알았는데 할머니가 갑자기 라디오 소리를 키워보라고 하셨다. 사연 소개가 끝나자 입을 여셨다.

여자들의 여행 수다

"나라를 뺏기자 우리 아버지는 화병으로 갑자기 돌아가셨어. 오라버니는 일본 놈들 등쌀에 살 수 없어 식솔을 끌고 만주로 갔지. 그 후 한 번도 오라버니를 못 봤어. 길림성 어디에 산다는 말만 인편에 들었는데, 지금은 갈 수 없고 찾을 수도 없어."

할머니는 어느새 울고 계셨다. 한과 체념이 섞인 것 같은 목소리가 비에 젖은 낙엽처럼 가라앉았다. 방문을 뚫고 들어온 달빛이 눈을 꼭 감고 흐느끼는 할머니를 비추었다. 쪽찐 머리의 비녀를 빼고 한쪽으로 늘어뜨렸던 긴 머리카락도 부르르 떠는 것 같았다. 한숨처럼 내쉬는 할머니의 숨소리를 들었다.

"주소 아세요?"

"모르지. 찾을 수 있을까? 우리 오라버니. 조카들도 있다던데……."

선뜻 대답하지 못했다. 눈만 씀벅거렸다. 유난히 소쩍새 울음소리가 애절한 밤이었다. 주소를 알아야 편지를 방송국으로 보낼 수 있다고 했던가, 다음에 사연을 보내보겠다고 했던가. 내가 뭐라고 말했는지 기억이 나지 않는다.

간헐적으로 스치는 차량과 우리가 타고 있는 버스에, 한자로 쓰인 '吉林省'으로 시작되는 번호판을 보았을 때, 잊고 있던 그 기억이 떠올라 가슴이 울렁거렸다. 가끔 밭에서 일하는 사람들의 거무튀튀한 얼굴과 앙상한 다리를 보았을 때, 불쑥 형제애 같은 감정이 솟아나 가슴이 아릿거렸다. 이 또한 무슨 비약인가.

어디에 살고 있을까. 혹시 저 스치는 사람들 중에 있지 않을까. 이사하지 않았다면 지린성 이곳에 살고 있을 텐데. 그리움으로 울먹이던 할머니의 목소리가 귀에 쟁쟁했다. 어스름한 달빛에 보였던 눈 꼭 감은 할머니의 슬픈 얼굴도. 이 지린성 어디쯤에 그 후손들이 살고 있을까. 지나치며 보았던 앙상한 다리를 한 사람이, 내게 오빠거나 동생뻘인, 할머니 오빠의 손자였을까. 지금까지 이산의 아픔과 상관없다고 생각했는데. 너무도 가까운 혈육들. 할머니 살아 계실 때, 그 그리움의 끝이 혈육에게 닿을 수 있도록 노력하지 못한 게 안타까웠다.

우리를 태운 버스가 휴게소에서 잠시 멈추었다. 운전

여자들의 여행 수다

기사에게 고맙다고 인사하는데, 그가 싱긋 웃으며 고개를 숙였다. 이상했다. 어디서 본 듯한 낯설지 않은 얼굴. 할머니를 닮은 듯하고, 아버지를 닮은 듯도 했다. 나도 모르게 가슴이 두근거렸다. 확인하고 싶었다. 다시 그를 보았다. 그가 나를 보고 또 싱긋 웃었다. 가지고 있던 초콜릿을 하나 건네자, 고개를 여러 번 숙여 고맙다고 했다. 망설이다 할머니의 성과 본을 떠올리며 물었다.

"혹시 연안 차씨인가요?"

그가 싱그레 웃으며 손을 저었다. 가까이서 보니 이가 두 개나 빠져 퍽 늙어 보였다. 그래도 미소가 해맑았다. 그는 우리말에 익숙하지 않았다. 조선족인 관광 가이드가 저 사람은 한족이라고 했다. 가슴이 휑해졌다.

자리로 돌아오는데 약간 어지러웠다. 한동안 가만히 앉아 있었다. 차창 밖으로 시선을 던지며. 풍경도 눈에 들어오지 않았다. 가슴 아래에서 싸한 기운이 올라왔다. '吉林省'이라는 글자가 눈에 띄면 자꾸 속이 쓰렸다. 달빛에 보였던 꼭 감은 할머니의 눈, 생경하면서도 그리움으로 들렸던 '오라버니'라는 단어, 그 말끝에 묻어 있던 물기, 가까이 있던 이산의 아픔. 차창 밖에는 진한 어둠이 내리고 있었다.

이도백하에 도착한 것은 한밤중이었다. 호텔 안으로 들어서자 진한 향내 때문에 속이 메슥거렸다. 비위가 약한 게 걱정되었다. 그래도 여행으로 노곤해서였을까. 우리 선조들의 얼이 숨 쉬는 곳이기 때문에서였을까. 걱정과 달리 금세 잠들었고, 깨어보니 새벽이었다.

커튼을 젖히고 창밖을 내다보았다. 부옇게 날이 밝아오고 있는 가운데, 이슬비가 오락가락했다. 동행한 친구와 아침 산책을 나갔다. 호텔 앞에 있는 공원이었다. 아침 식사까지 한 시간 남짓 남은 시간. 우리는 도란도란 이야기를 나누며 공원 산책로를 따라 걸었다. 몇 갈래로 나 있는 산책로 주변에 옥잠화가 많았다. 나뭇가지에 모였던 굵은 빗물 방울이 우리가 쓰고 있는 우산 위로 투둑투둑 떨어졌다. 다람쥐 한 마리가 얼굴을 쏙 내밀었다 우리를 보고 숨어버렸다.

백두산으로 향하는 버스의 차창 밖으로 자작나무가 휙휙 지나갔다. 나뭇가지가 이리저리 늘어진 자작나무다.

숲을 관리하지 않아서 그런지, 기온 때문인지, 수종이 좀 다른 것인지, 원대리에서 보았던 자작나무와 달랐다. 백두산 근처에 다다르자, 관광버스에서 내려 작은 버스로 갈아타고 구불구불한 산자락을 몇 차례 돌아 올라갔다. 멀리 백두산이 보였다.

거무스름하고 웅장한 모습, 범접할 수 없을 것 같은 묘한 기운, 솔직히 조금은 무서웠다. 거무스름한 산 사이에 희끗희끗한 무더기는 눈이었다. 유월에도 녹지 않고 얼음으로 남아 있는 눈, 민족의 영산으로서 위엄을 보여주는 것 같았다. 산봉우리 아래 산자락에는 나무 한 그루 없었다. 온통 들풀과 꽃들이었다. 무더기로 소담하게 핀 노란 만병초, 보라색과 노란색의 장백제비꽃, 담자리꽃나무, 우리나라 산야에서도 볼 수 있는 산꿩의다리, 진분홍색 귀여운 앵초 등 유월의 들꽃이 바람에 끊임없이 흔들렸다.

백두산의 기온과 날씨가 워낙 변화무쌍해서 천지를 보기 힘들다는데, 운 좋게 날씨가 좋았다. 천지는 반쯤 얼어 있었다. 천지 앞에 서자 가슴이 벅차올랐다. 산 아래

여자들의 여행 수다

를 내려다보자 앞에 펼쳐진 풍경이 막힌 데 없이 드넓었
다. 저곳에서 우리 선조들이 말을 달리고 다른 족속들과
싸워 이 산을 지켜냈으리라. 언젠가 여기에 이렇게 서봤
던 것 같은 기분이 또 들었다. 이 또한 낯설지 않았다.

　백두산 여행을 하는 내내 계속 따라다녔다. 어디를 가
도 와본 듯 낯설지 않은 느낌, 그곳 사람들에게 느끼는
혈육애 같은 친밀감이. 그것이 확인되지 않은 기시감과
비약이라 할지라도, 나는 그랬다. 그래서 가끔 치밀어 오
르는 먹먹한 가슴을 쓸어내려야 했다. 옛 우리의 땅을 이
제는 영영 잃어버렸다는 현실과 혈육을 찾을 수 없다는
이산의 아픔 때문에.

Han Bong Sook

한 봉 숙

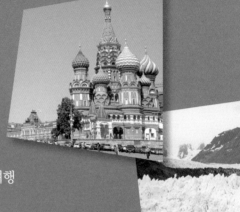

러시아, 편견을 깨는 여행

알래스카, 빙하를 꿈꾸며 잠들다

한봉숙

충남 보령에서 태어나 무역학 및 교육학을 전공하였다. 출판인으로 현재 푸른사
상사를 설립하여 문학, 역사, 문화, 청소년 등 다양한 분야의 도서를 발행하고 있
으며, 문학 잡지 계간 『푸른사상』의 발행인이다. 함께 쓴 책 『꽃 진 자리에 어버이
사랑』 『문득, 로그인』이 있다.

러시아, 편견을 깨는 여행

2014년 5월 러시아를 여행하기로 했다. 일단 여행의 콘셉트는 러시아 문화기행이었고, 모스크바, 세르기예프 파사드, 툴라, 상트페테르부르크를 돌아보기로 했다.

모스크바 공항에 도착한 시간은 늦은 저녁이었는데도 주위가 환했다. 말로만 듣던 백야 현상이다. 공항은 물론이고 우리가 묵은 호텔에서도 검색대를 통과해야 안으로 들어갈 수 있었다. 보안이 철저하다는 게 조금 안심되었다. 가이드는 밝다고 해서 밤에 돌아다니면 위험하다고 주의를 주었다. 시차 때문에 잠이 오지 않았지만, 내일 일정을 위해 억지로 잠을 청했다.

첫날은 크렘린궁에 가기로 되어 있었는데 너무 이른 시간이라 먼저 주변의 전통시장을 돌아보기로 했다. 외국의 어느 도시를 방문해서 그곳만의 독특한 분위기를 느끼고 현지인들의 생생한 모습을 만나려면 전통시장만한 곳이 없다. 모스크바의 시장은 돔 형태의 현대식 건물이었다. 조명과 점원들의 옷 색깔이 구역마다 달라서 밝고 깨끗하다는 인상을 주었다. 이번 여행의 첫 번째 일정인 전통시장 탐방부터 러시아에 대해 가지고 있던 무거운 이미지가 조금씩 사라지고 있었다.

모스크바, 하면 누구나 크렘린궁과 붉은 광장을 떠올린다. 크렘린궁과 붉은 광장은 독특한 건축미를 자랑하며 모스크바를 세계적인 예술과 문화의 도시로 만들어주고 있었다. 크렘린궁 앞에는 많은 사람들이 줄을 서서 입장을 기다리고 있었다. 그날은 마침 소치 동계올림픽에서 활약한 스포츠인들을 위한 환영 행사가 열리는 날이어서 더욱 붐볐다. 우리나라의 쇼트트랙 영웅이었던 안

여자들의 여행 수다

현수 선수도 포함되어 있다고 한다. 우리도 줄 끝에 서서 한 시간을 기다린 끝에 드디어 크렘린궁에 입장할 수 있었다. 인파에 끼여 천천히 발걸음을 옮기며 광장 저쪽 하늘 높이 치솟은 황금색 돔에 반해 있을 때쯤, 팡파레 소리와 함께 기마대가 입장하고, 그 뒤로 줄줄이 군악대들

의 공연이 펼쳐졌다. 그 활기차고 장엄한 시간을 우리도 함께 즐겼다.

크렘린궁을 나와 붉은 광장으로 향했다. 광장 주변에는 레닌의 묘와 마법의 성 같은 성 바실리 대성당, 러시아 국립역사박물관, 400년 역사를 자랑하는 모스크바 최대의 백화점인 굼 백화점이 있어 항상 인파가 몰린다. 광장에는 세계 각지에서 온 여행객들이 가득했다.

모스크바 중심에 있는 크렘린궁과 붉은 광장은 거대한 제국 러시아를 대표하는 상징적인 장소라 뭔가 강압적이고 을씨년스러운, 거대한 광장에 찬바람만 부는 곳일 거라는 선입견이 있었는데, 광장을 메운 여행객들은 곳곳에서 여유롭게, 자유롭게 이 공간을 즐기고 있었다.

그 다음에는, 모스크바에서 200킬로미터 떨어진 툴라로 이동해서 야스나야 폴랴나의 톨스토이 생가에 가기로 했다. 아침 일찍 출발했기 때문에 도착해보니 입장 예약 시간보다 훨씬 일렀다. 생가를 돌아보려면 러시아인 해설사와 함께 다녀야 하기 때문에 해설사가 오기까지 기

여자들의 여행 수다

다러야만 했다. 생가 입구에는 작은 호수가 있었고, 호숫가에는 수선화가 흐드러지게 피어 반짝이는 물결에 그림자를 늘어뜨리고 있었다. 한 시간이 넘게 기다렸더니 마침내 해설사가 도착하였다.

톨스토이는 이곳에서 태어나고, 삶의 대부분을 이곳에서 보냈다. 세월이 흘러도 여전히 전 세계 사람들의 마음속에 남아 있는 걸작『전쟁과 평화』등이 이곳에서 집필되었다.

귀족으로 태어나 유명 작가로 살았던 톨스토이는 소작농들의 피땀으로 자신이 호사를 누리는 것을 무척 괴로워하였다. 당시 톨스토이는 집 밖의 나무에 종을 하나 걸어놓고 굶주린 농민들이 와서 종을 치면 직접 나가서 식량을 나눠주었다. 그 종을 '빈자의 종'이라고 했는데, 심한 기근이 들었을 때는 종소리가 끊이지 않았다고 한다. 더 나아가 재산을 사회에 환원하는 문제로 가족들과 갈등을 빚다가 집까지 나갔고, 마침내는 시골 간이역사에서 객사하고 만다.

이처럼 계급의 차이가 없는 이상적 사회를 꿈꾸었던

톨스토이, 인도주의를 대표했던 톨스토이의 생가에 나는 와 있는 것이다. 설렜다. 여행을 하다가 새로운 장소에 들어가기 직전에는 항상 설렌다. 책으로나 접했던 러시아의 대문호 톨스토이가 살았던 곳, 이곳에서의 설렘은 특별했다.

톨스토이 생가로 들어가는 길 양쪽에는 울창한 자작나무 숲이 있었다. 그 길을 중심으로 오른쪽은 톨스토이가 살았던 영지이고, 왼쪽은 소작농들이 살았던 곳이라 한다. 숲길을 따라 가다 숲 그늘 아래 놓여 있는 벤치에 잠깐 앉아 5월의 햇살을 받으며 톨스토이를 생각해보았다. 지금까지 톨스토이가 세계인들의 마음을 설레게 하는 이유를……

톨스토이가 죽기 전까지 생활했다는 생가는 현재 박물관으로 운영되고 있었다. 안으로 들어가려면 덧신을 신어야 했다. 톨스토이의 집을 최대한 훼손하지 않고 그대로 보존하기 위한 노력이었다. 안으로 들어가니 톨스토이가 살던 무렵의 가구와 생활용품이 그대로 재현되어 있었다. 서재에는 도스토옙스키의 『죄와 벌』이 그가 읽던

▲▲ 톨스토이의 생가 ▲ 톨스토이의 무덤

페이지 그대로 펼쳐져 있었다. 벽에는 톨스토이의 초상화는 물론 부인과 열세 명이나 되는 자녀들의 초상화가 나란히 걸려 있었다. 그의 작은 침대와 의자도 그 당시 모습 그대로 있었다.

생가를 나와 작은 숲길을 따라 300~400미터쯤 갔을까, 땅과 풀과 하늘이 맞닿아 있는 곳에 직사각형의 작은 풀무덤 하나가 보였다. 아무런 표석도 없는, 한 평도 안 되는 크기의 초라한 무덤 앞에서 나는 그저 멍하니 하늘만 바라보았다. 톨스토이의 무덤은 그의 숭고한 삶과 닮아 있었다. 대문호 톨스토이는 죽어서까지도 우리에게 많은 메시지를 전하고 있다.

톨스토이의 단편 중에 「사람에게는 땅이 얼마나 필요한가」라는 작품이 있다. 더, 더, 더 넓은 땅을 갖기 위해 끝없이 욕심을 부렸던 농부가 마지막으로 차지할 수 있었던 땅은 자기 몸 누이면 족한 조그만 크기의 무덤이었다. 소유욕은 인간이라면 누구나 가지고 있는 당연한 욕망이긴 하지만, 백 년도 못 살고서 결국은 한 줌의 흙으로 돌아갈 운명인데 평생을 만족하지 못하고 사는 우리

여자들의 여행 수다

들의 모습을 되돌아보라고, 톨스토이는 작품으로, 그리고 자신의 무덤으로 깨우쳐준다.

톨스토이의 묘는 묘지에 대한 나의 인식에 변화를 가져왔다. 모스크바 여행 중 큰 울림으로 내 마음을 흔들었던 톨스토이의 무덤은 작았지만 결코 작지 않았다.

모스크바를 뒤로하고 상트페테르부르크로 향했다. 상트페테르부르크는 러시아 제2의 도시이다. 그곳에서 우리는 여름궁전과 겨울별궁, 성 이삭 성당, 네프스키 대로, 알렉산드르 네프스키 수도원을 둘러보고 석양빛으로 붉게 물든 네바강 유람선을 탔다.

네프스키 대로를 걸었다. 우리나라 인사동과 비슷한 문화예술의 거리로, 차가 다니지 않는 넓은 길에서는 온갖 공연이 펼쳐졌다. 상트페테르부르크는 러시아에서 가장 책을 많이 읽는 도시이기도 하다. 저변에서부터 이렇게 예술과 문학을 사랑하는 사람들이 많기 때문에 러시아의 문화가 눈부시게 발전하고 톨스토이, 푸시킨, 도스토옙스키 같은 대문호가 탄생하게 되었으리라.

도스토옙스키 묘지

차이콥스키 묘지

　　우리는 네프스키 대로 끝에 위치한 알렉산드르 네프
스키 수도원으로 갔다. 수도원에는 러시아 문화사를 빛
낸 유명인사들의 묘지가 있었는데 그중에서도 『죄와 벌』
로 유명한 도스토옙스키 묘와 작곡가 차이콥스키의 묘가
눈에 띄었다. 묘지는 조각공원처럼 잘 정리되어 여행객
들을 맞이했다. 말로만 들었던 유명한 작가와 예술가들

여자들의 여행 수다

이 영면하고 있는 그곳을 천천히 거닐다 보니 기분이 묘해졌다. 이게 무슨 느낌일까, 곰곰이 곱씹다가 최근 어느 시인의 시를 읽고는 무릎을 쳤다. 수도원의 예술가 묘지에는 "오래된 생각들이 무채색을 덧칠"하고 있고, 그곳에 가라앉은 시간 속에서 "역사의 깊이를 떠나 영혼이 조금씩 녹슬고 있었"음을 알게 모르게 느꼈던 것 같다.

수도원을 나와 네프스키 대로를 걸어 나오며, 나 자신을 돌아보았다. 30년 이상 한국의 문학과 문화 예술인들과 함께 출판일을 해온 나에게 네프스키 수도원의 묘지와 네프스키 대로에 서린 문화예술의 분위기는 깊은 인상을 남겨주었다.

여행은 때로 선입견을 깨뜨려준다. 처음에는 공산주의 국가라는 선입견 때문에 긴장했던 내게, 러시아는 의외의 모습으로 다가왔다. 붉은 광장을 가득 메운 활기차고 여유로운 사람들, 세계적인 대문호 톨스토이의 소박한 무덤, 문화의 도시 상트페테르부르크와 거기 잠든 예술가들까지 모든 것이 나에게는 새로웠다. 큰 인형 속에 작은 인형, 그 속에 더 작은 인형이 들어 있는 러시아 전통 인형 '마트로시카'처럼, 러시아는 끊임없이 또 다른 매력을 보여주는 나라였다.

여자들의 여행 수다

알래스카, 빙하를 꿈꾸며 잠들다

여행을 떠나는 이유는 무엇일까. 때로는 불편하고 때로는 당혹스럽고, 가끔은 짜증이 솟구치는 일상 사이사이에 벼락처럼 내리는 행복을 꿈꾸기 때문이 아닐까. 눈물 날 정도로 푸른 바다, 그 앞에서 느끼는 해방감과 황홀함. 지금까지 시간에 쫓기며 달려온 일상에서 벗어나, 낯선 곳에서 신선한 경험을 해보고 싶어서, 답답한 몸과 마음을 치유하고 싶어서, 우리는 나름의 이유로 여행을 한다.

2018년 가을, 제주도에 한 달 살이를 간 친구를 만나러 그곳으로 갔다. 딸아이 결혼식을 무사히 마친 뒤 허전한 마음도 달래고 계절의 맛을 즐기기 위한 부부 여행이었다. 제주의 올레길도 걷고 친구네 부부와 골프도 치며 모처럼 자유를 즐겼다.

그 친구는 대학에서 〈인문학 산책〉 강의를 함께 들으며 알게 되었고, 남편끼리 아내끼리 동갑이라는 인연도 있다. 우리 둘은 소소한 취미가 맞아서인지, 언제 어디서 어떻게 만나도 좋다. 시간의 흐름 속에 좋은 게 자꾸자꾸 더해져서 좋다. 제주에서의 짧은 일정을 아쉬워하던 차에, 마지막 날 그동안 꿈꿔왔던 크루즈 여행을 가보자는 말이 나왔다. 나이가 들면 다리에 힘이 없어질 테니, 편하게 배를 타고 다니며 보고 먹고 즐길 수 있는 크루즈 여행은 그때 되면 가자고 내내 미뤄왔던 터였다.

크루즈 중에서도 알래스카 크루즈로 계획했다. 지금까지 유럽과 아시아의 여러 나라를 여행했지만 미국 쪽은 아직 가보지 못했다. 그런데 알래스카라니, 빙하와 푸른 바다 생각만으로도 마음이 설렜다.

여행을 함께 하기로 한 세 쌍의 부부가 인천공항에서 만났다. 나머지 한 쌍은 친구의 고교 동창이었다. 크루즈

여자들의 여행 수다

승선지인 시애틀에 도착하여 하룻밤을 보내는데, 들뜬 마음에 그냥 있을 수 없어 호텔 주변을 산책하기도 하고 쇼핑도 했다. 늦은 시간 호텔방으로 돌아와 잠을 청했지만 좀처럼 잠이 오지 않았다. 말 그대로 '시애틀의 잠 못 이루는 밤'이었다.

스페이스 니들 전망대

잠을 자는 둥 마는 둥 하고, 다음 날 아침부터 시애틀 투어를 시작하였다. 제일 먼저 100년의 역사를 자랑하는 파이크 플레이스 마켓을 둘러보고, 바쁜 걸음을 스타벅스 1호점으로 옮겼다. 우리나라 여느 카페와 다를 것 없는 작은 카페였다. 하지만 그곳에서만 파는 텀블러를 사기 위해 한 시간 넘게 줄을 서야 했다. 그다음으로 시애틀의 한눈에 내려다볼 수 있는 스페이스 니들 전망대와 유리공예 박물관을 관람하였다.

게스웍스 공원에서 본 시애틀 전경

　그리고 바다를 끼고 솟아 있는 높은 언덕이 아름다운
게스웍스 공원으로 갔다. 1956년까지는 열병합발전소였
지만 지금은 공원이다. 근대화의 상징인 발전소가 배경
으로 펼쳐져 있어 풍광이 독특하고, 영화 촬영지로도 유
명하다. 언덕 위에서 내려다보이는 호수를 뒤로하고, 영
화 속 주인공처럼 포즈를 잡고 카메라 셔터를 눌러댔다.
동화의 한 장면처럼 뻗어가는 여러 갈래 길, 산책과 휴식
을 즐기는 여유로운 사람들, 그리고 잔잔한 바다 너머로
보이는 시애틀의 전경, 이런 것들이 어우러져 한 폭의 그

여자들의 여행 수다

림이 되었다.

빙하를 만나기 위한 알래스카 크루즈 여객선은 주노, 스캐그웨이, 글레이셔 베이, 케치칸, 캐나다의 빅토리아를 거쳐 다시 시애틀로 다시 돌아온다.

항구로 나가보니, 세계 여러 나라에서 온 여행객들이 크루즈 탑승을 기다리며 줄을 서 있었다. 드디어 크루즈에 오르는 순간, 감탄사가 절로 나왔다. 영화에서나 보았던 장면들이 펼쳐지고 그 화면 속에 내가 주인공이 되어 있었다.

우리가 처음 간 곳은 7층 중앙홀로서, 우리 일행은 그곳을 매일 모이는 장소로 정하고, 키를 받아 룸에 입실하였다. 룸은 요람 같았고, 침대에 누우면 파도의 출렁임도 약간은 느껴졌다. 룸은 작았지만 있어야 할 건 모두 갖춰져 있고 아늑했다.

해외여행은 언제나 시차로 인한 나른함으로 시작한다. 시차에 적응하기 위해 밀려오는 잠을 참으며 룸에서 나와 크루즈 내부를 구석구석 둘러보았다. 배가 크고 길다

보니 방향 감각을 잃어버리기 십상이었다. 전체적으로 보면 지하층에서부터 16층 높이의 복도식 아파트 형태로 되어 있었으며 15층은 전체가 뷔페 식당이었다. 맨 위층에 올라가니 바람에 날아갈 것 같았다. 약속이나 한 듯이 친구네 부부도 그곳에 와 있었다. 영화 〈타이타닉〉이 생각나 우리도 뱃머리에서 파란 바다를 품에 안을 듯 팔을 벌려 포즈를 취해보았다.

출항하고 이틀 동안 크루즈 안에서 지내며 바다와 배에서의 생활에 그럭저럭 적응이 될 때쯤, 드디어 첫 번째 기항지 주노에 도착했다. 주노는 알래스카의 도시 중 시애틀과 가장 가깝고, 이곳에서 볼 수 있는 빙하는 멘덴홀 빙하밖에 없다. 빙하 옆으로는 너겟 폭포라는 제법 커다란 폭포가 쏟아지고 있다. 우리는 폭포 가까이에 신발을 벗고 건너가 빙하수에 발을 담그고 어린시절 개울가에서 물장난을 치듯 발이 시린지도 몰랐다. 기온은 10도 정도인데 폭포의 물줄기는 차갑고 거셌다. 빙하를 뒤로하고 내려오는 길, 석양빛은 우리를 그냥 가게 하지 않았다. 친구 남편은 그동안 배워온 오카리나를 꺼내 노을빛

여자들의 여행 수다

에 물든 빙하를 무대 삼아 연주하였다.

주노는 번화하면서도 전원적인 느낌을 주는 도시였다. 거리 곳곳에 아기자기한 카페와 레스토랑들이 크루즈 여행객들을 맞이해주었다. 우리는 킹크랩 전문 레스토랑에서 큰 게 다리를 하나씩 사서 먹었다. 처음 맛보는 신선한 맛이었다. 한국에서 먹어본 게보다 크고 맛도 어딘가 달랐다. 다시 오른 크루즈에서는 저녁 메뉴로 바닷가재 요리가 나왔지만 주노에서 먹은 킹크랩 맛보다 뭔가 부족했다.

저녁 식사를 하고 배 위에서 저 멀리 보이는 설산을 바

여자들의 여행 수다

라보았다. 어두워가는 하늘 아래 주노의 풍경이 아름다웠다.

우리는 답답한 선실에 들어앉아 있는 것보다는 크루즈에 갖춰진 이런저런 즐길 거리를 찾아다녔다. 여자들에게는 쇼핑도 여행의 일부분 아닌가. 친구와 나는 쇼핑을 즐기는 점도 비슷해서 크루즈 내의 면세점이 만남의 장소이기도 하였다.

매일 아침이면 선상 신문이 한국어로 번역되어 방으로 전달되는데, 승객들은 신문에서 그날의 스케줄을 확인하고 적당한 프로그램을 선택하여 즐기면 된다. 오늘은 요가를 해볼까 하고 가면 그곳에도 약속이나 한 것처럼 친구를 만나게 된다. 마술쇼, 경쾌한 음악, 바다로 바다로 이어지는 시간 속 배경들은 사진 속에 추억이 되어 담겼다.

때로는 갑판 위 탁 트인 곳으로 나왔다. 푸른 하늘, 맑은 햇살, 파란 바다. 선미 쪽에서 거대한 크루즈 뒤로 하얗게 부서지는 물살을 바라보았다. 물보라와 함께 무지개가 피어올랐다. 벤치에 누워 하늘을 올려다볼 때마다 또 영화 속 주인공이 되는 기분이다. 세계 각국에서 온 여행자들이 저마다 다른 언어로 속살거리는 수다를 듣다 보면 기분이 한가로워진다. 이런 게 힐링이지 싶다.

알래스카 하면 빙하와 호수, 그리고 연어와 야생동물이 떠오른다. 연어와 야생동물은 아직 만나지 못했지만 알래스카의 바다는 특별한 감흥을 준다. 유빙 사이로 노니는 돌고래들의 콘서트, 잔잔한 바다 위에 떠 있는 작은 배들. 이러한 광경이 주는 넉넉함과 여유로움은 다른 여행에서는 느끼지 못한 것이다.

크루즈 여행 6일째, 오늘은 어떤 풍경이 나를 맞이해줄까 하고 밖을 내다보니, 그냥, '아, 이래서 알래스카에 오는 거지!' 하는 말이 튀어나왔다. 거대한 빙하가 눈앞에 다가든 것이다. 배는 빙하를 가장 가까이에서 볼 수 있는 곳까지 접근했다. 옥빛 빙하가 눈부시게 반짝이고 새파란 속살을 드러내며 우리를 반겼다.

사람들 사이를 비집고 들어가 거대한 빙하를 카메라에 담기에 바빴다. 그러다 보니 친구가 보이지 않았다. 그 순간을 놓치고 못 볼까 봐 둘레둘레 찾았다. 한참 후에 만난 친구와 알래스카의 하이라이트를 담았다.

여자들의 여행 수다

　글레이셔 베이 국립공원은 전체가 빙하로 덮인 곳으로 1992년 유네스코 세계자연유산에 등록되었다. 이곳에는 200종 이상의 동물이 서식하고 있다고 한다. 자연이 빚어낸 기적을 바로 코앞에서 바라보며 그 신비로운 아름다움에 흠뻑 빠져들었다.

　크루즈는 거대한 빙하 사이를 천천히 나아갔다. 하루 종일 360도 회전하며 글레이셔 베이를 온전히 즐길 수 있도록 긴 시간 동안 머물러주었다. 바다 위에 무수히 떠 있는 유빙에 바다표범들이 늘어져 있고, 돌고래 무리가 수면을 박차고 뛰어올라 파도를 탄다. 그리고 갑자기 빙하가 갈라지며 얼음덩어리가 바다로 떨어지는 극적인 순간을 눈앞에서 볼 수 있었다. 바로 앞에서 바다로 떨어지는 얼음덩어리를 보니 가슴이 덜컥했다. 우리가 타고 온 크루즈의 열기로 자연이 파괴되고 있는 것은 아닌가 하여 바다에서 유유자적 뛰어노는 돌고래들에게도 미안한 생각이 들었다.

그 전날 벌어진 선상 파티가 크루즈의 하이라이트인 줄 알고, 이런 거라면 굳이 알래스카 크루즈를 선택한 이유가 없지 않나 다소 실망도 했었는데, 진정한 알래스카의 묘미를 발견한 건 빙하 항해에서였다.

수천만 년의 시간이 퇴적된 빙하는 아름답고 장엄했지만, 끊임없이 갈라지고 부서지고 스러지는 그 모습은 생의 무상함을 일깨워주었다. 영원할 것 같지만 결코 영원하지 않은 저 자연을 바라보며, 내 삶을 돌이켜보았다. 저렇게 부서지면서도 그 한순간에 눈부시게 빛나는 빙하처럼, 내 삶의 순간순간 즐거운 추억들을 채워가는 게 좋

여자들의 여행 수다

지 않겠나. 함께한 친구를 돌아보며, 지금을 함께하는 것이 얼마나 소중한지도 새삼 깨달았다.

배는 거대한 빙하에게 작별을 고하고 알래스카 최남단에 위치한 도시 케치칸을 거쳐 캐나다 빅토리아에 도착하였다. 이너하버라는 세계적인 미항이 있는 빅토리아는 환상적인 야경 속으로 우리들을 초대했다. 100년이 넘은 정원 부차트 가든, 다양한 스타일과 각양각색 조명이 빛나는 특색 있는 정원에 매료되어 그 분위기를 놓칠세라 렌즈에 담고 시애틀로 돌아왔다.

그동안 꿈에 그리던 크루즈 여행, 더 미루지 않고 떠나기를 잘했다는 생각이 든다. 여행이 행복해지려면 가장 필요한 마음가짐이 겸손이다. 나에 대한 겸손, 사랑에 대한 겸손, 그때그때 상황에 대한 겸손 말이다. 그러한 마음가짐으로 여행을 하면 모든 것이 감사하다. 여행길에 나를 찾아왔던 모든 아름다운 시간과 이제껏 몰랐던 새로운 세상을 경험하면서 느꼈던 행복, 새로이 만난 소중한 인연들에 감사하면서, 오늘밤도 새파랗게 빛나던 알래스카의 빙하를 꿈꾸며 잠이 든다.

엄 혜 자

Um Hye Ja

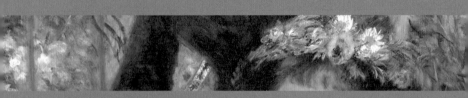

에티오피아 원숭이들의 수저론

인도네시아 오랑우탄의 눈물

엄혜자

어려서부터 글 읽기를 좋아해서 활자 중독이라는 말을 들으면서 자랐다. 저서로 수필집 『소중한 인연』, 문학비평 『문화사회와 언어의 욕망』 『시적 감동의 자기 체험화』 등이 있다. 문학박사이자 〈책읽는 마을〉 대표로서, 제자 양성에 힘쓰고 있다. 가장 행복한 시간은 제자들과 책을 읽는 일이다. 훌륭한 제자 양성을 인생 최고 목표로 삼고 있다.

에티오피아 원숭이들의 수저론

우리 가족은 여행을 좋아한다. 그래서 누군가 '여행 가자'라고 하면 바로 실행에 옮긴다. 그런데 2014년 아들이 에티오피아 여행을 제안했지만, 멀고 일정이 힘들어서 함께 가지 못했다. 홀로 여행을 다녀온 아들은 그곳의 아름다운 자연, 고대 유적지, 〈반지의 제왕〉에 나오는 곤다르 성을 말하면서 같이 가자고 설득했다.

2016년 2월 드디어 에티오피아로 향했다. 아디스아바바 공항에 도착하니 아프리카 특유의 냄새가 아닌 커피 향기가 우리를 맞이했다. 에티오피아에서는 어디를 가든지 커피 볶는 향내와 숯불 연기가 가득했다. 공항에서도 전통 옷을 입은 여성이 숯불을 피워놓고 커피를 볶는다. 다양한 종류의 커피마다 볶는 방법의 레시피가 있느냐고 물어보자, 오직 본인의 감각에 의존한다는 답이 돌아온다. 커피 향기에 매료된 우리는 피곤함과 시장기보다 맛있는 커피가 그리웠다. 가이드가 안내한 세계 굴지의 커피 업체인 TO.MA.CA. 그곳에서는 로스팅 공장을 운영하면서, 갓 볶은 커피를 내려준다. 커피는 향기롭고 고소하고 쌉쌀했다. 커피를 마시니 비로소 카페 안의 풍경이 눈에 들어온다. 카페 벽에 써놓은 '한 잔의 커피를 마시면 아이디어가 군대와 같이 행진해 온다'는 발자크의 글. 우리 가족은 한 잔의 커피를 마시고 여행의 의지가 군대와 같이 행진해 옴을 느꼈다.

첫날 커피 향기가 가득한 아디스아바바에서 묵고, 다음 날 악숨으로 향했다. 1세기에서 10세기까지, 악숨 왕국의 번영이 수많은 유적으로 남아 있다. 수백 개의 오벨리스크. 가장 큰 것은 높이 33미터에 무게가 50톤에 이르고, 그곳 지하에는 왕의 무덤이 있다. 그때의 왕들은 오

여자들의 여행 수다

벨리스크를 세우면서 '하늘을 향해 더 가까이, 더 큰 소리로' 소망하는 바를 알리고 싶었을 것이다. 그 소원은 무엇이었을까. 하늘을 향한 그들의 소통에는 큰 울림이 있었을까. 이런 궁금증을 33미터의 오벨리스크에 실어서 보냈지만 답이 없었다. 오벨리스크를 보며 사색에 젖은 나를 향해 아들은 "오시기를 잘했지요? 제 덕입니다"라는 공치사를 늘어놓았다.

악숨에서 시바 여왕의 온천으로 향했다. 길에는 끝없이 펼쳐진 도로변을 따라 원숭이들이 마치 작은 가로수인 양 줄지어 앉아 있었다. 2016년 2월은 에티오피아 최악의 가뭄으로 풀포기조차 보기 힘들었다. 가죽 위로 뼈가 보이는 당나귀들이 물통을 지고 몇 시간의 거리를 다니고 있었다. 불쌍해서 눈물이 났다. 온천 가는 길에서 만난 원숭이는 당나귀보다 더 모진 삶을 살고 있었다. 물도 나무도 거의 없는 도로에서 관광객이 주는 음식에 의지하며 살았다. 그들은 흙먼지를 뒤집어쓰고 지나가는 차를 세우려고 애를 썼다. 어린 원숭이, 늙은 원숭이, 갓

시바 여왕의 온천에서 바라보는 석양

여자들의 여행 수다

새끼를 낳아서 품에 안은 어미 원숭이의 눈에서 공포감을 보았다.

인가가 없는 도로변에 작은 상점들이 생긴 것은, 원숭이들을 향한 관광객과 운전사들의 동정 때문이다. 나 또한 그들과 같이 빵과 오렌지를 구입했다. 원숭이들은 맹렬히 달려들어 먹이를 낚아챘다. 언제 다시 먹을 수 있을지 모르는 상황에서 그들의 행동이 이해는 갔으나 한편으로는 무서웠다. 어리거나 늙은 원숭이에게 먹이를 배당해주지 못하고 음식이 떨어질 때는 먹이를 많이 차지한 힘센 원숭이들이 얄밉기도 하였다. 그러자 현지 가이드와 운전사가 조언을 해주었다. 리더 원숭이에게 많은 양의 음식을 보여주면서 질서 있게 기다리게 하라고. 이번에는 더 넉넉하게 구입해서 힘센 녀석들에게 보여주고 질서 있게 기다릴 때까지 나눠주지 않았다. 이제 힘센 원숭이들도 기다릴 줄 알았고 약자의 음식을 빼앗지 않았다. 공평하게 받은 음식을 먹는 그들의 모습에서 뿌듯함과 함께 가슴이 시려왔다.

요즘 회자되는 '수저론'이 떠올랐기 때문이다. 수저론

에는 어떤 부모를 만나느냐에 따라 자신의 위계가 좌우된다는 냉소적 비판이 담겨 있다. 자유의지로 주체적인 삶을 살 수 있는 인간도 수저론에 매몰될 수 있다. 하물며 도로변에서 평생을 살아야 하는 원숭이들은 수저론에서 벗어날 수 없다. 관광객에 의존하며 살아가는 이들은 바로 전형적인 '흙수저'였다. 평생 먹이 쟁탈전과 약육강식의 한복판에서 힘겨운 생을 유지해야 하는 이들. 하지만 많은 양의 음식 앞에서는 질서를 회복했고, 평화로운 식사를 하였다.

이런 점을 우리 사회에 제도적으로 적용할 수 있다면 얼마나 좋을까. 우리는 사회적 약자가 기본적인 삶을 영위할 수 있도록 관심을 가져야 한다. 합리적이고 체계적인 사회제도에 의해 그들의 기본 생활이 해결된다면, 이들도 미래에 대한 청사진을 마련할 수 있지 않을까.

광활한 대지를 가르며 시바 여왕의 온천에 도착하니 지나온 여정과는 사뭇 다른 풍경이 펼쳐졌다. 바람에 살랑대는 울창한 산림과 하늘을 비추는 광활한 호수 사이

여자들의 여행 수다

서로 털을 골라주는 바분원숭이

로 온천의 연기가 춤추듯 일렁이었다. 호수에서는 아기 하마와 엄마 하마가 햇살을 받으며 긴 졸음을 늘어진 하품 속에 펼치고, 몇몇 하마들은 신나게 수영을 하고 있었다. 멀리 보이는 밀림에서는 긴꼬리원숭이들이 윤기 나는 털과 통통한 몸을 자랑하듯 활기차게 뛰어다녔다. 가이드가 이곳에는 동물들의 먹이가 풍부하다고 말한다. 원숭이들의 모습만으로도 그들이 '금수저'임을 알 수 있었다. 좋은 환경의 원숭이들. 아름다운 자연에서 온천을 즐기는 우리. 이곳은 파라다이스였다.

식당에서는 가장 아름다운 장소에다 식탁을 차리느라 분주했고 식탁 옆에는 커피 볶는 숯불이 피워졌다. 저녁이면 집집에 밥 짓는 연기가 나고, 거리에서 놀고 있는 아이들을 부르던 어머니. 커피를 볶기 위해 피워진 숯불 연기에서 어머니에 대한 그리움이 일었다. 에티오피아 전통 요리로 가득 채운 식사는 맛이 있으며 넉넉했다. 이 음식을 보니 저절로 길 위의 원숭이들이 생각났다. 그들에게 이 음식을 주고 싶었다. 오렌지 하나와 빵 하나를 손에 든 키 작은 원숭이의 뿌듯해하던 눈빛도 떠올랐다.

여자들의 여행 수다

그때였다. 갑자기 원숭이들이 식탁 옆 나무 위로 나타났다. 맑은 눈에 촉촉한 코, 반지르르한 윤기의 풍성한 털이 예뻤다. 도로 위의 원숭이들에게 했던 것처럼, 먹이를 주고자 살며시 다가가 보았다. 하지만 이들은 친해지려는 우리의 기대와는 딴판이었다. 우리를, 자신들의 축복받은 비옥한 영토를 침범한 불청객으로 여겼다. 나뭇가지와 나뭇잎을 던지며 괴성을 질렀다. 이후 남편과 아들은 면세점에서 구입한 와인을 가지러 숙소로 갔고 나는 잠시 산책을 했다. 다시 합류한 우리는 눈을 의심했다. 원숭이들은 사라졌고, 그들과 함께 많은 음식도 사라졌다. 있는 놈들이 더 무섭다. 그들이 산중에서 별식을 즐기는 사이, 우리는 안주 없는 와인을 마셨다.

다음 날 국내선 항공을 이용하여 시미엔 국립공원으로 갔다. 해발 3,500미터인 시미엔산의 바분원숭이들. 채식주의자 바분은 40킬로그램쯤 되는 몸을 풀뿌리와 몇 종류의 꽃으로 유지한다. 그래서일까. 그들은 농번기의 일손들처럼 하루 종일 풀을 뽑고 있었다. 다행히 그곳의 땅은 기름지고, 날씨가 좋아서 금세 새로운 풀들이 성장해 먹이 부족은 겪지 않는다. 하지만 한 생애를 오롯이 풀을 매만지며 보내는 바분은 '은수저'들이었다.

이들을 보고 또 보아도 지루하지가 않았다. 이들은 우리와 눈이 마주치면 초례청의 새색시처럼 부끄럼을 탔다. 한나절을 그들을 따라다녔다. 힘센 수컷은 무리를 보호했으며, 암컷들은 서로의 아들딸을 공동으로 돌보았다. 자기들을 따라다니는 우리를 보면 수줍게 지나치는 것과 같이 다른 무리를 만나도 서로 멀찌감치 피했다. 다른 그룹과 다툼 없는 공존. 먹이를 먹는 중간중간 풀밭에 앉아 서로 털을 골라주는 모습 속에는 수줍은 평화가 있었다.

내 눈에 특히 어린 원숭이 한 마리가 들어왔다. 유독 명랑하고 다른 원숭이들에게도 친근하게 행동했다. 그 녀석과 눈빛이 자주 교환되자 이제는 우리의 눈길을 피하지 않았다. 석양이 가까워지자 그가 다가왔다. 그리고 마치 어미 원숭이 흉내를 내듯 풀과 꽃을 한 아름 따서 우리에게 던져주었다. 그리고는 수줍게 어미의 품에 쏙

여자들의 여행 수다

안겨들었다. 곁눈질로 우리의 모습을 바라본다. 그가 준 선물을 소중히 간직했다. 꽃과 풀 향기 속에는 녀석의 사랑이 있었다. 아기 바분은 마치 덩치만 크고 먹이 활동도 못 하는 무능력한 동족에게 도움을 준 것은 아니었을까. 큰 웃음과 행복을 준 그 녀석이 지금 그립다.

바분은 빵조각을 얻기 위해 사람에게 매달리지 않았다. 비옥한 산림을 독차지하기 위해 위협을 가하지도 않았다. 오히려 자기가 가진 걸 조금이나마 나누고자 했다. 이런 배려와 나눔이 바로 오랜 시간 바분을 평온한 은수저로 남게 해준 원인이 아닐까. 그래서일까, 그들의 표정에서는 삶의 고단함보다는 홍조 같은 평화가 느껴졌다.

석양이 드리워지자, 바분원숭이들은 맹수들을 피해 저녁 안식처인 높은 절벽으로 향했다. 절벽으로 가는 길은 좁고 기다란 길이었다. 서로 반대쪽에서 먹이 활동을 하던 원숭이들이 절벽으로 향하는 좁은 길에서 만나 같이 줄지어 긴 그림자를 남기면서 걸어갔다. 그들은 긴 여정 끝에 절벽에 도착하였다. 절벽 너머로 붉은 석양이 아름다웠다. 그들은 기분 좋은 저녁 합창으로 화답하며 평화로운 하루를 마감하고 있었다.

사양하는데도 원숭이로부터 우리를 보호하겠다며 '무늬만 총'인 장총을 메고 하루 종일 우리를 따랐던 뭉구스트 씨. 조악하게 만든 냄비 받침을, 사달라는 말 한마디 못 하고, 눈이 마주치면 부끄러워서 자기 치마꼬리를 붙잡았던 소녀들. 그들과 함께 바분원숭이의 합창을 들었다. '뿌암뿌암 빠얌빠얌 꾸우꾸우'는 어떤 합창단의 소리보다 아름다웠다. 우리를 지켜준 뭉구스트 씨의 보호에 감사하면서 건넨 사례비도 그 합창에 마음을 연 나눔 선물이었다. 지금 우리 집 식탁 위에 있는 냄비 받침 역시, 치마꼬리를 붙잡고 몸을 배배 꼬던 소녀들에게 건넨 우리의 작은 마음이리라.

시미엔 로지(Simien lodge)로 향하는 우리에게 오랫동안 떠나지 않고 손을 흔들던 뭉구스트 씨와 소녀들의 환한 미소에선 경쾌한 은빛 향기가 났다.

여자들의 여행 수다

인도네시아 오랑우탄의 눈물

                1994년에 이어서 2017년에도 인도네시아의 오랑우탄 보호구역을 방문하기 위해 쿠알라나무 국제공항으로 향했다. 이곳은 밀림을 개발해서 만든 신공항이다. 1994년의 폴로니아 공항은 도심 주변에 있었고, 도심 전체가 밀림 한복판에 있어서 아름답고 신비롭기까지 했다. 그런데 2017년 신공항 주위는 밀림 대신 팜 농장이 차지하고 있었다. 호모 이코노미쿠스의 자연 훼손이 눈앞에 펼쳐져 있었다. 나는 팜 농장을 보면서 라면을 떠올렸다.

    나는 외국 여행 중에 새로운 식문화를 경험하기 위해

현지 마켓을 방문해본다. 그때마다 한국 라면이 성황리에 판매되고 있음을 보았다. 우리나라 라면의 세계적 위치는 K팝의 위상만큼이나 공고하게 느껴진다. 세계라면협회에서는 매년 라면 소비국 순위를 발표한다. 라면의 소비에서 한국은 부동의 1위이다. 라면은 저렴한 가격으로 1,200원만 있으면 끼니를 해결할 수 있으니 구황식품 중 최고이다. 맛은 또한 어떤가. 남녀노소 라면을 좋아한다. 재벌가의 이혼 재판에서도 감초 같은 조연으로 '라면'이 등장한다. 재벌가의 남편은 아이 양육권을 주장하면서 '라면'에 대해 이야기했다. 아이는 11세가 되도록 라면을 먹어보지 못했다. 면접교섭권에 의해 아빠와 시간을 보낼 때, 처음 라면을 먹어보고는 '최고!'라고 외쳤다고 한다. 이 기사에 많은 사람들이 안쓰러움을 느낄 정도니, 라면은 한국인의 소울 푸드라고 하기에 모자람이 없다.

이런 라면의 주성분 1위는 당연히 소맥분이다. 그럼 2위는? 바로 팜유이다. 라면에는 고소함을 위해 상당한 양의 팜유가 들어간다. 현재 과자, 화장품, 세제, 바이오 오일 등에 팜유가 사용되고 있으며 그 쓰임은 점점 더 증가 한다. 그런데 라면의 고소함을 위해, 눈물을 흘리는 오랑우탄이 있다는 사실을 아는 사람은 드물다.

라면의 주성분 중 하나인 팜유가 우리 생활 속에 깊숙이 등장한 사이, 오랑우탄 서식지의 많은 부분을 팜 농장이 차지하게 되었다. 그 결과 오랑우탄의 숫자는 지난 100년간 80퍼센트나 감소했다. 물론 팜유만이 주원인은 아니다. 멸종위기 보호종인 오랑우탄이 밀렵꾼에게 잡혀 국제 동물거래 암시장에서 애완용으로 매매되고 있다. 오랑우탄의 서식지가 밀림 지역이어서 보호 요원들이 밀렵꾼을 지키기에는 한계가 있다. 더구나 팜 농장주들은 과실을 따고 잠자리를 마련하기 위해 나무를 자르는 오랑우탄을 훼방꾼으로 여긴다. 이들은 일꾼들에게 오랑우탄 한 마리를 죽일 때마다 한화 12만 원의 포상금을 준다고 한다. 너무나 슬프고 안타까운 일이다.

오랑우탄은 세계에서 유일하게 보르네오와 부킷라왕 두 곳에서만 서식한다. 부킷라왕의 오랑우탄 보호소 및 야생 서식지는 강물 너머에 있었는데, 밧줄을 매어 이동하는 거룻배로 10분 거리였다. 보호소에는 야생 오랑우탄들이 위험해질까 봐 변변한 전기 시설조차 없었다. 자원봉사자들은 인도네시아 말로 '숲속의 사람'이란 뜻의 오랑우탄과 똑같이 생활했다. 이들은 의무 기간 1년을 계약하고 이곳에 오지만, 대부분 4~5년씩 근무한다고 한다. 비록 식사와 주거, 오랑우탄의 애교만이 주어지지만, 그들의 표정은 환했다. 일정한 후원금을 내면 보호소 옆 숙소에서 머물 수 있었고 우리는 하룻밤을 오랑우탄과 함께했다. 저녁이 되자 커피를 끓였고, 산책하던 레이첼을 초대했다. 레이첼은 미국에서 온 수의사였다. 그녀는 언젠가 나이가 들어 삶을 되돌아본다면 이곳에서의 생활이 가장 빛나는 시간으로 기억될 거라면서 밝게 웃었다.

내가 처음 보호소에서 만난 오랑우탄은 팔이 부러진 친구였다. 깁스를 한 오랑우탄의 경우, 다른 오랑우탄들과 합사할 수가 없다. 인간의 5~6세 정도로 지능이 좋은 오랑우탄이 불편해하는 친구의 깁스를 친절하게 풀어주기 때문이다. 혼자 있는 오랑우탄은 외로워서 침울해 보

여자들의 여행 수다

부킷라왕 오랑우탄

엄혜자 _ 인도네시아 오랑우탄의 눈물

였다. 그때였다. 자원봉사자가 먹이를 주는데, 오랑우탄은 그리움이 먼저였는지 좀처럼 떨어지지 않으려고 했다. 그녀가 안아주고 달래도 막무가내였다. 나가려고 하자 그녀의 긴 머리채를 움켜쥐고 놓지를 않았다. 그녀의 비명에 봉사자들이 와서, 오랑우탄 손가락을 강제로 폈다. 봉사자의 눈에 맺힌 그렁그렁한 눈물은 아픔보다는 오래 같이 있어주지 못하는 미안함 때문인 것만 같았다. 그녀가 나간 후, 오랑우탄은 자기 손에 있는 머리카락에 한동안 얼굴을 묻고 있었다.

가장 안쓰러운 오랑우탄은 오래 치료를 받은 녀석들이다. 이들은 보호소를 집처럼, 봉사자를 엄마처럼 생각한다. 야생으로 되돌려보내고 방을 강제로 빼면, 방 없는 풍찬노숙꾼으로 지낸다. 그들은 관광객이나 봉사자들에게 먹이를 구걸한다. 처연한 표정으로 손을 내미는 그들을 외면하지 못해 나 역시 먹이를 주었다. 하지만 그들에게 먹이를 주는 것은 야생으로 돌아갈 그들을 붙잡는 것과 같다며 레이첼은 안타까워했다.

어릴 때 밀렵으로 어미를 잃은 오랑우탄도 평생 보호

여자들의 여행 수다

소를 떠날 수 없다. 오랑우탄은 오랜 기간 어미로부터 먹을 수 있는 식물을 구분하는 법, 잠자리 만드는 법 등을 배워야 한다. 하지만 그들은 배울 기회를 잃었기 때문에 어떤 식물을 먹고 어떻게 밀림에서 살아남아야 하는지 알지 못한다. 인간이 어미를 대신할 수 없는 것이 이 지점이다. 인간은 식용 식물과 독초를 구별할 수 없기 때문이다. 향기로운 밀림의 냄새와 매일매일 다른 얼굴을 하는 자연을 영영 잃어버린 그들. 그들의 어미를 앗아간 인간들에게 분노가 일었다.

　가이드의 안내를 받으면서 야생 오랑우탄을 보러 밀림 지대로 들어섰다. 가이드는, 우리가 운이 좋다면 보호소로 오는 오랑우탄을 만날 수도 있다고 말했다. 치료를 끝내고 야생으로 돌아간 오랑우탄들은 가끔씩 문안 인사를 온다고 한다. 우리는 운이 엄청 좋았다. 밀림 쪽에서 신나게 뛰어오는 오랑우탄이 보였다. 오랑우탄은 아들에게 다가와서 아들의 모자를 스윽 쓰더니 아들과 스스럼없이 어깨동무를 했다. 곧이어 파안대소하는 관광객을 향해 사진을 찍으라는 포즈를 취했다. 사진 찍기가 취미인 남편은 그때를 놓치지 않고 계속 셔터를 눌러댔다. 오랑우탄은 철저하게 모델 값을 요구했다. 아들 배낭을 가져가더니 지퍼를 열고 입구에서 산 바나나 몇 개와 초콜릿 몇 개를 당당히 가져갔다. 다른 관광객들이 그 모습을 사진으로 남겼지만, 착한 아들은 모델 값을 요구하지 않았다.

1994년 부킷라왕 보호소 입구에는 과일 가게가 있었다. 상점 주인들은 낮에만 그곳에 있고, 밤에는 집으로 돌아갔다. 그런데 아침이면 과일이 얼마씩 사라져 있었다. 그렇게 빈번하게 과일 도난 사건이 일어나자 상점에서는 조를 짜서 당직을 서며 보호소 쪽을 감시했다. 한밤중이 되자 야생으로 돌아가지 않은 오랑우탄들이 육지에 올려놓은 가장 작은 거룻배를 강으로 내리더니 밧줄을 당기면서 과일 가게로 와서 과일을 싣고 돌아갔다. 완벽한 범죄를 위해서 거룻배를 도로 육지에 올려두는 것까지 마친 앙큼한 오랑우탄들. 보호소 측은 혹시나 그들이 위해를 당할까 봐 주인에게 적정한 보상을 했고 이후 거룻배는 커다란 쇠사슬에 묶여버렸다고 한다. 그 후

여자들의 여행 수다

풍찬노숙꾼 오랑우탄들은 무슨 재미로 살아갔을까.

2017년 다시 부킷라왕으로 갔다. 오랑우탄의 능청스러운 표정과 밀림 속에서 시원스레 달리는 자유로움을 보고 싶었다. 하지만 그곳은 너무 많이 변해 있었다. 구역 앞에는 호텔이 들어섰고, 각종 기념품점과 바자이꾼들로 소란스러웠다. 낭만적인 거룻배는 사라지고 그 대신 이동이 편한 출렁다리가 생겼다. 인도네시아 정부가 보호소를 관할했다. 세계 각국에서 온 열정적인 자원봉사자들은 사라지고 현지 공무원들이 근엄한 모습으로 순찰하고 있었다. 또한 밀림의 절반이 팜 농장으로 변해 있어, 마치 심한 파도가 갯벌을 다 쓸고 간 것 같았다.

1994년 4~5만 마리였던 부킷라왕 오랑우탄의 숫자는 자원봉사자들의 헌신적인 노력에도 불구하고 2017년에는 1만 8천 마리 내외로 감소했다. 오랑우탄들은 팜 농장과 인간의 욕심을 피해 점점 더 깊은 숲속으로 들어갔다. 이제는 보호소에 상주하는 오랑우탄 외에는 가까이서 이들을 만나기도 어려웠다. 숲속 깊숙이에서 몇 마리의 오랑우탄을 보았다. 그들의 표정에서 어두움이 느껴지는 것은 내 슬픔 때문일까.

간혹 밥하기 싫은 어느 날 저녁, 간단히 라면으로 한 끼를 해결한다. 수증기 속에서 후루룩 소리를 내며 사라지는 라면 한 젓가락은 어쩌면 오랑우탄들의 땅 한 뼘이 아니었을까. 빨간 국물의 고소함은 어쩌면 밀림을 파괴하느라 붉게 타오르는 숲을 바라보는 오랑우탄의 애타는 마음일지도 모른다.

우리는 이런 현실 속에서도 여전히 라면을 즐겨 먹고 있다. 그 대신 오랑우탄의 날인 8월 19일이면 해마다 SOS(Sumatran Orangutan Society, 수마트라 오랑우탄 보호를 위한 기금 마련 단체)에 기부금을 낸다. 이 기금은 팜 농장을 구입해서 오랑우탄에게 되돌려주는 데에 사용된다. 1998년 1헥타르당 천 달러였던 농장의 가격이 2018년에는 1헥타르당 만 달러라고 한다. 이러한 이유로 나는 지인들에게 기부를 권유한다. 다양한 곳에 사용되는 팜유. 이 제품들을 거부할 수는 없지만 오랑우탄에 대한 작은 관심만은 잃지 않기로 했다. 아들 방에 걸려 있

여자들의 여행 수다

는 오랑우탄의 환한 표정을, 야생 오랑우탄들에게 선물
해주고 싶기 때문이다. 부킷라왕의 팜 농장은 오랑우탄
의 눈물이다.

Oh Yeong Mi

오영미

그녀와 만났다

편리함인가, 아름다움인가

오영미

서울 종로에서 태어나 명동에서 청소년기를 보냈다. 소설을 쓰려고 황순원 선생님이 계시는 경희대에 진학했으나 장터 약장수의 아크로바틱 쇼나 무대예술에 대한 관심 때문에 희곡 공부를 시작했고 그것으로 석사, 박사를 마쳤다. 현재는 한국교통대학교 한국어문학과에서 희곡과 영화 시나리오, TV 드라마 쓰기를 가르치고, 한국 시나리오 작가에 대한 연구를 하고 있다. 희곡작품집으로 『탈마을의 신화』가 있고, 저서로는 『한국전후연극의 형성과 전개』『희곡의 이해와 감상』『문학과 만난 영화』『오영미의 영화 보기 좋은 날』 등이 있다.

그녀와 만났다

— 남미와 크로아티아 여행기

여행지 중에 어디가 가장 좋았어요? 라는 질문을 종종 받곤 하는데, 볼리비아를 꼽기 전까진 쿠바나 알래스카 정도를 순위에 올리고 있었다. 볼리비아의 우유니 소금사막이나 해발 5,000미터 고지를 찍는 광활한 대지의 풍광은 지금도 이 세상의 정취가 아닌 듯이 느껴진다. 2016년 겨울. 한 달간 계획한 배낭여행으로 돌아본 남미의 모든 것은 '그들만의 세상'이라는 표현 그대로였다. 내가 살고 있는 이곳과는 전혀 별개의 세상이 돌아가고 있었고, 그만큼 특별하고 경이로웠다. 마추픽추, 나스카 라인 등의 불가사의함 자체인 페루, 남극까지 이어지는 길고 긴 지형만큼이나 다양한 색채가 있었던 칠레, 범접하기 힘든 자연의 힘과 매혹적인 자유의 도시를 갖춘 아르헨티나, 브라질 등이 그랬다.

그렇게 시작된 남미 여행길에 나는 그녀를 만났다. 룸메이트의 인연으로 만나 처음에는 낯설어 말을 섞기도 힘들었지만 시간이 갈수록 극도로 경계를 두었던 개인적인 것들이 무너지게 되면서 그녀의 시간이 마음으로 느껴지는 경험을 하게 되었다. 그녀가 먼저 제안을 했다. 우리 서로 사생활에 대해서는 묻지도 않고 꺼내놓지도 않기로 해요. 한 집 건너 한 사람이라는 한국 문화의 특성상 서로가 어떻게 얽힐지 알 수 없다는 거였다. 우리가 여행을 하는 중요한 이유 중의 하나가 일상으로부터의 탈출인데 여행지에서까지 인연으로 얽히고 싶지 않다는 데에 나도 동의를 했기 때문에 그러자고 흔쾌히 답을 했다. 아마도 룸메이트가 아니었으면 그냥저냥 적당한 거리를 두고 다음 여행지나 상의하며 지냈을지도 모를 일이었다.

그러나 한 방에서 잠을 청하고 같은 여행지에서 나름

여자들의 여행 수다

대로 동고동락하면서 절대로 '사생활 노출은 금지'라는 동의는 지켜지기 어려웠다. 결정적인 계기는 해외 유학파 학자 중에 좋아하는 두 분이 있는데, 라며 시작된 대화였다. 그것은 우리 둘의 얘기가 아니라 남의 얘기라 사생활 룰에 걸릴 일도 아니었다. 잠시 그녀의 얘기를 듣다 보니 무기명으로 처리된 화제의 인물 중의 한 사람이 내가 아는 사람일지도 모르겠다는 생각이 들었고, 죄송하지만 그거 누구 아니냐고 묻게 됐다. 그게 맞아들어간 거였다. 그녀와 내가 동시에 알고 있었던 인물은 남편의 형님이었던 시아주버님이었다. 그녀가 운영하던 사업체와 오랜 시간 함께하느라 친분이 있고 인품이 워낙 훌륭해 평소 존경하는 학자분이라고 하는 것이었다. 그렇게 특정 인물을 사이에 둔 접점으로 우리의 사생활은 틈틈이 노출되었고, 그래서 더욱 친근한 여행길이 됐는지 모르겠다. 한 집 건너 한 사람씩 다리를 놓을 수 있다는 한국 사회를 다시금 실감하게 된 계기였다.

남미 여행은 우리가 예정한 한 달가량으로는 겉핥기밖에 할 수 없을 정도로 광활하고 다양했다. 매우 고된 코스들이 이어졌고 때로는 시간차를 두고 강도를 면하는 일도 발생해 몸과 마음이 모두 고행길에 놓여 있곤 했다. 세상에서 다시는 보지 못할 풍광들을 그곳이 선사해주지 않았다면 중도 포기라는 일이 발생했을 수도 있겠다 싶었다. 그렇게 고단한 노정에서 저녁에 맛보는 술 한 잔의 맛은 참으로 달콤한 유혹이었다. 누군가는 구운 오징어와 쟁여놓은 팩 소주를 꺼내놓고 누군가는 귀한 라면을 꺼내 끓였다. 여행길에 준비한 김치는 발효돼 냄새를 풍길 수도 있으니 씻어서 들기름에 볶으면 부풀지 않아 좋다는 여행 팁도 그때 알게 되었다. 사소한 것들이 우리에게 주는 행복감은 여행지에서 극대화된다. 그래서 일상을 떠나 낯선 곳으로 여행을 하지만 다시 돌아가는 일상은 새롭고 소중할 수밖에 없다. 여행이 주는 매력이 이런 게 아닐까 싶다.

그녀와 함께 하는 술자리도 늘어갔다. 그녀는 술을 좋아하고 술자리를 매우 격정적으로 마무리하는 재밌는 여인이었다. 술이 한잔 들어가면 그녀는 좌석 여부를 상관하지 않고 춤사위를 선보였다. 탈춤사위인 듯도 보이고,

여자들의 여행 수다

볼리비아의 우유니 소금사막

살풀이인 듯도 보이고. 그렇게 한을 뿜어내는 춤을 한바
탕 추고 야밤의 거리 질주도 한바탕 끝내고 나면 뭔가 마
음의 격정이 해소되는 느낌으로 숙소로 돌아오곤 했다.
여행지마다 그녀는 화려한 스카프를 두르고 매우 전문적
이지만 코믹한 장면을 연출하여 셀프 카메라로 촬영하기

를 즐겼고, 숙소에 돌아오면 그 피곤한 와중에도 매일 짐을 쏟아놓고 다시 챙기는 일을 혼자서 한 시간이고 두 시간이고 하는 습성이 있었다. 때로는 룸메이트로서 피곤한 일이었지만 특별할 것 없는 내게 매우 기이한 느낌을 선사하는 그런 모습이었다. 그래서 무언가 고단한 내면이 자리하고 있을 거란 예상을 했고, 그녀는 이번 여행길이 위로의 순간이 되기를 바랐던 게 아니었나 싶은 마음이 들었다. 나는 고단함에 지치고, 오로지 많이 봐야 한다는 생각으로 여행길에 올랐기 때문에 그녀의 격정과 해소의 순간에 동지가 되지 못해 내내 미안한 마음이었다.

물론 여행이 끝나갈 무렵 나는 그녀의 격정과 위로의 근원에 다가가 있었다. 서로 사생활을 노출하지 말자는 애초의 다짐은 이미 온데간데없이 소주 한 잔을 기울이며 때로는 눈물을 보이기도 하고, 때로는 한숨을 섞어 세상을 조롱해보기도 하고, 그런 순간이 이어지면서 우리는 서로의 얘기를 많이도 알게 되었다. 잦은 만남은 아니어도 가끔 안부를 전하며 지금도 나는 그녀를 기억하며 지내고 있다. 남미의 풍경은 언제나 그녀의 이미지가 있다. 여행의 기억에 사람이 들어가 있는 경험은 매우 흥미롭다. 풍경과 공감, 웃음과 울음, 연민과 위로. 거대하고도 먼 남미에서 풍겨오는 사람 냄새가 그리워지는 게 이런 것이 아닐까.

몇 년 전 아는 분과 함께 여행사 패키지 상품으로 크로아티아를 여행하게 되었고, 그곳에서 나는 또 다른 그녀를 만났다. 대학 선배이자 여행 마니아인 J 교수님과 동행 중이었는데, 소개를 받고 보니 익히 알고 있는 출판사의 대표님이었다. 그 많은 여행 상품 중에 같은 지역, 같은 시간, 같은 팀 안에서 지인과 마주치기는 쉬운 일이 아닌데, 인천공항에서 맞닥뜨리고 같은 여행길에 올랐음을 알았을 때 그 놀라움이란 이루 말할 수가 없었다. 나와 동행했던 분도 과거 쿠바 여행에서 만난 분이라 네 사람이 모두 지독히도 여행에 미쳐 있구나 싶었다.

극작가 조지 버너드 쇼가 지상에서 천국을 맛보고 싶으면 이곳을 찾으라고 했던 두브로브니크를 비롯해 발칸

크로아티아 두브로브니크

반도의 풍경 또한 설렘으로 가득한 무엇이 있었다. 미국의 키웨스트를 보며 '세상에서 숨고 싶으면 이곳으로 오고 싶다'고 느꼈을 때의 그런 기분이었다. 두브로브니크를 만나는 여정에서 들르게 되는 크로아티아의 해안 도시들도 서유럽과 동유럽의 색깔을 모두 담고 있어서 편안하기도 했고 볼거리들도 풍요로웠다. 좋은 곳에서 좋은 사람과 함께 여행하며 보내는 시간들은 인간 사이를 매우 친밀하게 만든다. 일상에서 서로 얽혀 있지 않으니 좋은 것만 꿈꾸고 아름다운 생각만 공유하게 된다. 여행 중에 나누게 되는 진솔한 대화 역시 마치 청춘을 돌이키는 장년의 설렘처럼 화제성이 만발하게 된다.

그녀는 매우 인자한 인상에 넉넉한 마음과 삶의 지혜를 지닌 사람으로 보였다. 복수를 하고 싶은 사람이 있으면 출판사를 하도록 꼬드기라고 할 정도로 출판계의 현실은 녹록하지 않은데, 인문학계에서 알아주는 탄탄한 출판사를 운영하고 있다는 그녀의 비결은 무엇일지 내내 궁금해하며 그녀의 소리에 귀를 쫑긋 세우곤 했다. 대개의 경우 성공한 CEO들은 인색하기보다는 베푸는 데 익

여자들의 여행 수다

숙하고, 타인과의 관계에서도 주장보다는 수용의 영역이 강한 편이다. 그녀가 그런 모습으로 비춰졌고, 지금까지 이어오는 인연 속에서 그런 첫인상은 변하지 않았다. 여행에서 만난 인연을 우리는 저버리지 않고 유유자적한다는 의미의 줄임말 '유자회'라는 이름으로 만나 틈만 나면 여행 계획을 짜기에 바쁘다. 그런 인연으로 지금 쓰고 있는 이 짧은 여행담 수필도 그녀의 출판사에서 그녀의 글도 함께 기획된 것이다. 벌써 이번이 세 번째 수필집 출간이다.

그녀는 연말에 파주의 사옥에서 파자마 파티를 제안하고 우리가 입을 레깅스를 사두는 보기 드문 CEO이다. 내가 코로나 정국에 해외에서 귀국하여 자가 격리를 하고 있을 때 나의 답답함을 알아차리고 전복을 주문해 보내주는 따뜻한 배려심도 지녔다. 그녀가 왜 성공했을지 크로아티아 여행길에 품었던 나의 관심에 그녀는 늘 이런 답을 보내준다. 내 것을 챙기는 것만이 부자가 되는 길이 아니고 남과 함께 상생하는 것이 성공의 길이라는 것을 그녀는 몸소 보여준다.

'천국은 여행자의 용어'라고 한다. 그래서 여행을 왜 하냐고 누가 물으면 천국을 맛보기 위해서라고 답한다. 여행에서 만나는 사람들과의 인연, 그것이 현실로 이어져 좋은 관계로 유지된다면 그것 또한 일상에서 맛보는 천국이 아니고 무엇이겠는가. 이것이 여행의 묘미이다.

여자들의 여행 수다

편리함인가, 아름다움인가
— 코로나와 함께한 영국 생활기

이 글을 쓰고 있는 지금, 나는 영국 런던에 있다. 6개월 체류 예정으로 왔다가 코로나 사태로 집 밖의 일상이 정지된 삶을 견뎌내고 있다. 매일 몇 명이 확진되고 몇 명이 죽었는지를 수치로 확인하는 일로 시작해 한숨과 긴장감이 동시에 몰려오는 경험을 한다. 찰스 왕세자와 보리스 존슨 총리가 감염되면서, 그 나마도 검역의 혜택을 받지 못하는 많은 일반인들은 그들의 환경 속에서 얼마나 치열하게 코로나와 싸우고 있을까를 생각하게 된다. 부쩍 잦아진 앰뷸런스 소리가 들릴 때마다 공적 시스템의 보호를 받게 된 그들을 축하해

런던의 주택가

여자들의 여행 수다

쥐야 할지, 이미 중증으로 악화되었을 그들의 쾌유를 비는 것이 먼저일지, 이 불편한 감정 속에서 런던의 이웃들을 바라보고 있다.

이곳 영국은 편리함을 위해서 아름다움을 포기하지 않는 나라이다. 영국뿐만 아니라 유럽 전역이 비슷한 정서를 가지고 있지만 특히 이곳은 보수적 문화 인식이 지독히도 뿌리내리고 있다는 느낌이 든다. 어느 나라이건 유적지에서 조상의 오래된 숨결을 느끼는 것은 이상할 게 없지만 현대 서민들의 가옥도 몇백 년을 거뜬히 넘기며 유지되는 것을 보면 변화를 싫어하는 이들의 기저 인식이 놀랍기만 하다. 튜브라 불리는 지하철에서 와이파이가 작동되도록 할 것이냐를 두고 찬반 의견을 물었을 때 반대 의견이 더 많아 무산됐다는 일화는 이러한 일면을 잘 보여준다. 반대의 이유는 '지금까지 그래왔는데 뭐 하러'라는 것이었다. IT 강국으로 누리는 편리함을 자부심으로 여기는 우리나라의 인식으로는 이해가 가지 않는 선택이다. 물론 일상에서 느껴지는 불편함은 우리같이 신식과 편리함에 길들여져 있는 입장에서는 숨이 헉 하고 막힐 정도로 산재해 있는 게 사실이다.

코로나 바이러스로 전 세계가 몸살을 앓는 시점에서 영국이 보여준 대처를, 우리가 지금 그들을 진단하듯 '선진국의 민낯'이라는 힐난조보다 나는 그들이 지금까지 그리 해왔던 보수성의 한 맥락에서 바라본다. 수많은 생명들이 불과 몇 달 만에 세상을 등져야 했던 비극은 그 어느 것으로도 비교가 될 수 없는 심각한 문제이다. 전 국민 무료 서비스라는 선진 의료 복지가 이렇게 유약한 공적 시스템을 기반으로 하고 있었다는 사실도 실망스럽기만 하다.

그러나 방역에 비교적 성공했다는 나라들이 정치 지도력을 평가받고 국격을 높이는 결과를 낳았지만, 그 과정에서 사생활의 집요한 추적과 노출이라는 문제가 드러난 것도 사실이다. 영국은 그들이 지금까지 그래왔듯 개인의 영역을 침범하지 않으려 하고 그것을 매우 민주적이라 본다. 의료 시스템이 우리나라와 같은 방역으로 국민들을 통제하려고 했을 때 이 나라 사람들은 과연 수용했을 것인가도 의문이다. 단순히 정치력의 부재로 돌릴 일이 아니라 이 땅에 뿌리 박힌 정서에도 기인한다는 의미이다. 그래서 내 주변에 얼마나 많은 사람이 감염되고 죽었는지와 같은 정보를 알기가 어렵다. 초기에 주변의 한 칼리지가 폐쇄되면서 그곳의 선생님이 감염됐더라는 소문이 위험 정국에 대한 첫 인식이었던 걸로 기억한다. 한국은 확진자가 나오고, 며칠이면 감염 경로를 추적해 재난 문자로 공표해버리고 경각심을 일깨우기 때문에 개인 스스로가 방역의 역할을 하기에 용이한 것과는 대조적인 모습이다.

그렇게도 문제시하는 마스크를 범죄나 질병의 대상으로 바라보는 오래된 인식도 좀처럼 변화되지 않고 있다. 마스크를 쓰고 나갔다가 코로나를 외치며 사진을 찍어대는 조롱을 몸소 겪어보니 이것이 동양인 혐오인지 코로나에 대한 무감각인지 구분이 되질 않는다.

코로나로 인해 그들에게 닥칠 느닷없는 죽음에 대해서도 이들은 매우 운명론적인 시각을 지닌다. 집단면역을 역설했던 총리의 초기 방식에 많은 국민들이 응원을 보내고 동조했던 것은 이러한 맥락에서였다고 본다.

런던 윔블던 커먼 파크

그래서일까. 변화를 원하지 않는 영국은 가시적인 풍경들이 감탄을 자아낼 만큼 고즈넉하고 아름답다. 국토의 생김새부터 완만함의 연속이라 그것에 자리한 수많은 주택과 건물이 반복적인 미의 패턴을 드러내면서 매우 회화적인 감흥을 일으킨다. 거기에 영국인들이 거의 병적으로 집착하는 정원 또한 이 아름다움에 한몫을 더한다. 자기 집 정원 가꾸기는 그렇다 쳐도 남의 집 정원에 풀이라도 우거져 있을라치면 기어코 간섭을 하고 마는 게 이들의 습성이다. 내 눈에 추한 풍경이 들어오게 하지 말라는 것이다. 이런 고집이 만들어낸 영국의 동네 풍경은 웬만하면 조형적인 주택 외양과 정원이 어우러져 그것만 들여다보아도 산책할 맛이 난다. 이들의 주택 법령은 집 내부를 고치는 것은 허락하지만 외부를 손대는 일은 허가를 받아야 하며, 집이 무너지지 않는 한 허가를 내주지도 않는다 한다. 그래서 실내는 목재와 벽돌을 기본 골조로 몇백 년씩 유지되다 보니 춥기도 하고, 층간소음도 심하다. 탁 트인 거실을 중심으로 각 방들이 주변에 배치된 우리나라와 달리 여기는 좁은 통로를 따라 방들

여자들의 여행 수다

이 배치돼 있어 일단은 답답하지만 문을 열고 들어가면 방의 기능이 돋보이는 그런 구조들이다.

아름답지만 불편한 나라가 영국이다. 이 불편함에 영국인들은 집을 나가 공원을 찾는 것일까. 영국을 여행해본 분들이 대체적으로 공감하는 것 중의 하나가 부러운 공원 문화이다. 서양 사회의 기반인 광장 문화가 이들에게는 공원으로 특화돼 있다. 어느 지역이든 문밖을 나가면 초원이 펼쳐진 공원을 즐길 수 있고, 드넓은 정원을 트랙 삼아 조깅을 하는 사람들을 하루 종일 목격할 수 있다. 그래서 유난히 비와 바람이 심한 영국에서 날이 좋아지는 봄여름에 공원을 찾지 못하게 막는 코로나 시국의 조처는 수용하기가 어려운 부분이다.

영국의 주거 비용은 어느 나라에 비해서도 높은 편이다. 그래서인가. 이들에게는 플랫(flat)이라는 독특한 주거 공조 시스템이 있다. 플랫은 한 주택에 여러 가구가 입주하여 부엌이나 화장실을 공유하는 형태이다. 대부분 우리의 연립 같은 구조가 많지만 개인주택도 공간을 분할해 주인과 세입자가 공존하는 경우도 많다. 현대인의 삶이 그렇게 변해가듯 이곳도 1인 주거가 흔한데, 주인과 낯선 세입자 여럿이 한 집에 살다 보니 자연스럽게 주택 임대에 대한 조건이 까다롭기로 유명한 곳이 이곳 영국이다. 한번 들어오면 쫓아내기도 힘들다 보니 애초에 조건에 맞는 사람을 찾겠다는 것이다. 그래서 주택을 거래하는 인터넷 사이트를 보면 매우 낯선 풍경이 펼쳐지곤 한다. 누군가 남의 집에 공유 주거를 원하면 그의 나이, 성별, 직업, 취미, 심지어는 성적인 취향까지도 점검을 받는다. 이것은 주인에게도 받아야 하고, 플랫에 이미 들어와 있는 선배 세입자들에게도 통과돼야 들어갈 수 있다. 특이하게도 이들의 플랫 문화에서는 남녀가 섞여 사는 공유 주거가 전혀 이상하지 않다는 것도 있다. 방 하나와 공유형 화장실이 전부인 주택 문화가 이들의 펍(pub) 문화와 공원 문화를 발전시킨다고 말하는 이들도 있다.

이제는 영국도 달라지고 있다. 공사 중인 고층아파트나 건물이 자주 목격되고, 전통적이고 제약이 심한 주택과 토지 법령도 완화되는 모습이 보인다. 런던 중심의 인

여자들의 여행 수다

구도 포화에 이르렀고 이들의 문화도 변화의 기로에 있다는 의미이다. 그렇게 보수적인 영국도 문화와 예술에 있어서 첨단의 다양함과 자유를 목격할 수 있다. 토요 마켓이 열리는 노팅힐에서 백 년도 넘은 앤티크를 단돈 몇십 파운드에 사 들고, 첨단의 파격과 실험으로 이루어진 문화 이벤트를 동시에 만날 수 있는 곳이 영국이다.

그렇게 비싸고 콧대 높은 영국에 전 세계의 젊은이들이 몰려드는 이유가 이런 게 아닐까. 그러나 코로나 이후 영국 대학의 많은 수가 중국 유학생들의 철수로 파산 위기에 놓였다고 보도한다. 과연 영국은 어떻게 이 사태를 맞이할 것인가. 의료 체계부터 국가 운영 시스템까지 시험대에 오른 그들이 그토록 변하기 싫어했던 것들을 등지고 새로운 영국을 지향할 것인지 자못 궁금하다.

Lee Shin Ja

이 신 자

아름다운 산, 아름다운 사람들

여름휴가

이신자

서울 연희동에서 태어났다. 가천대학교 대학원에서 국어교육학을 전공하였고 현재 초등학교에서 논술과 글쓰기를 가르치고 있다. 2012년 계간지 『서시』에 소설을 발표하였다.

아름다운 산, 아름다운 사람들

상봉터미널에서 만난 시각은 오전 9시경이었다. 새벽까지 쏟아지던 비는 첫 여행의 기대감으로 조바심치는 두 여자의 우려에 떠밀려 말끔하게 물러간 후였다. 우리는 9시 25분에 출발하는 백담사행 시외버스에 서둘러 몸을 실었다. 들뜬 마음으로 차에 올라, 배낭에서 과자와 음료수를 꺼내 먹으며 시시때때로 바뀌는 차창 밖의 풍경을 감상했다. 서울을 벗어나는 것만으로도 일상의 감옥에서 탈출한 탈옥수가 된 기분이었다. 그만큼 지루한 일상의 쇠사슬은 이제 스물을 갓 넘긴 여자들의 몸과 마음을 옥죄고 있었다. 고작 서울을 벗어났을 뿐인데도 시외버스는 우주를 유영하는 우주선처럼 느껴졌다. 우주를 처음 여행하는 우주인들처럼 창밖의 풍경이 새삼 낯설고 생경했다. 우주를 모조리 눈에 담아두려는 듯 우리는 한동안 멍하니 창밖만 바라보았다.

첫 여행에 들뜬 우리는 차 안에서 배낭에 담긴 물품을 다시 한번 점검해보았다. 야심차게 야영까지 생각한 친구는 이번 여행을 기화로 배낭과 코펠, 버너 등 등산용품 일습을 새로 장만했다. 마치 훈련이라도 나가는 군인들의 행장처럼 갖가지의 식료품과 코펠, 버너, 옷가지, 화장품과 생필품 등을 꾸역꾸역 쑤셔 넣어 왔다. 배낭의 무게는 근 10킬로그램은 넘어 보였다. 나 역시 그에 뒤질세라 쌀과 반찬, 부탄가스, 라면, 옷가지, 화장품, 세면도구 등을 배낭에 쑤셔 넣고 왔기 때문에 내 배낭 역시 족히 10킬로그램은 되어 보였다. 배낭 속에 구비한 짐들의 목록으로만 본다면 우리는 한 달을 기약하고 가출한 여자들이었다. 우리는 폭군 남편의 압제로부터 탈출한 한밤의 여편네들처럼 왠지 모를 해방감에 들떠서 웃고 떠들며 백담사행 버스에 몸을 맡겼다.

여자들의 여행 수다

백담사 입구에 도착했을 때는 정오를 넘긴 시각이었다. 우리는 강원도 산채 전문 식당에서 식사를 하고 셔틀버스로 등산로 입구까지 올라가서 거기서부터 산행을 시작했다. 그때까지 우리는 미처 깨닫지 못했다. 설악산이 지니고 있는 거대한 가시의 정체를……. 아름다운 장미는 자신의 몸을 보호하기 위해 가지에 가시를 지니고 있다. 설악산 역시 마찬가지였다. 오르면 오를수록 절경을 자랑했지만 그 절경을 사람들에게 쉽게 허락하지 않았다. 거대한 가시들을 몸 곳곳에 장착하고 있었다. 설악산은 웅장한 몸체만큼이나 도도한 성정과 거대한 에너지를 지니고 있었다.

내가 주로 여행지로 삼았던 곳은 산이었다. 대둔산, 설악산, 지리산, 오대산, 월악산, 모악산, 삼악산, 유명산, 민둥산, 수락산, 청계산, 안산, 인왕산, 남한산, 북한산 등. 이름 모를 뒷산, 앞산까지 합친다면 수십 개의 산을 올랐을 것이다. 단지 산이 좋다기보다 식물이 주는 기운이 좋아서 올랐다고 여기는 것이 정확한 판단일 것이

설악산

여자들의 여행 수다

다. 산과 바다 중 어떤 것을 좋아하는지는 아직까지 확실하지 않지만 굳이 선택을 한다면 산을 조금 더 좋아한다고 볼 수 있다. 산에 가면 마음이 진정되고 평화로워지기 때문이다. 모든 식물을 좋아하는 편이지만, 특히 산에 있는 식물은 내게 오묘한 느낌을 준다. 그것은 단순한 위안이 아니다. 어려운 문제가 생길 때면 의외로 쉬운 해답을 주었으며 어려운 일을 시작할 때면 긍정의 기운과 초인적인 힘을 주었다. 명산으로 소문난 산의 정상에 올라 봉우리를 딛고 서 있으면 알 수 없는 힘과 강렬한 기운들이 내 몸을 관통하는 느낌이 온다. 이유는 이 지구상에서 오랜 세월을 견뎌온 산이 지니고 있는 강한 에너지 때문일 것이다. 그것은 산이 품고 있는 갖가지의 생명체들이 오랜 시간 동안 생멸하면서 지탱해주는 힘이라고 여겨진다.

산의 생명체들은 나에게 예사롭지 않은 기운을 전해준다. 식물의 생명력이 주는 매력은 굳이 명산까지 가지 않아도 충분하게 느낄 수 있다. 동네 뒷산이나 우리 집 베란다에 있는 식물, 그 베란다에서 바라다 보이는 야산의 식물에게서도 느낄 수 있는 기운들이다. 식물은 내게 위안과 위로가 된다. 반드시 초록이 무성한 식물들만 해당되는 것은 아니다. 잎을 모두 떨군 초라한 겨울나무도 좋아한다. 설산의 폭설을 여린 가지로 지탱하고 있는 나목, 혹한을 의연하게 이겨내는 늙은 고목, 온갖 고난을 이겨내고 맞은 따스한 새봄에 여릿한 새싹을 피워내고 있는 앙상한 가지를 보고 있으면 새삼 생명의 숭고함과 삶에 대한 겸허함을 느끼곤 한다. 내가 살아온 주거지에도 항시 초록이 곁에 있었다. 그것은 분명 무의식의 발현이었다. 직장, 편의시설, 교통편, 경제적인 여건에 따라 집을 선택한 것으로 여겼지만 종국에는 항상 야산이나 큰 공원이 가까이에 있는 집에 살고 있었다.

백담사 입구에 들어설 때만 해도 10킬로그램에 달하는 배낭을 기꺼이 견뎌내던 어깨와 시시덕거리던 표정은 산행이 시작된 지 불과 30분 만에 비 맞은 헝겊처럼 처지고 구겨져버렸다. 친구와 나는 아마 설악산을 동네 뒷산까지는 아니지만 좀 큰 산 정도로만 여겼던 것 같았다. 우

여자들의 여행 수다

물 안 개구리들에게 강산이 두 번 바뀐 세월의 무게는 하등 도움이 되지 못했다. 산이 품은 가시들은 오르면 오를수록 칼이 되어 공격을 했다. 그 장애물들을 무거운 배낭과 함께 물리쳐야 하는 우리들의 몸은 점차 지쳐만 갔다. 더구나 산행을 시작한 지 얼마 안 돼 우연히 조우하게 된 강릉대학교 ROTC생들과 인사를 나눈 것으로 시작해 하산하는 사람들과의 의례적인 인사 속에서 나타나는 염려와 우려의 발언들은 마음속 한 켠에 밀어두었던 두려움을 슬금슬금 부풀어 오르게 하는 것에 일조했다. 계절은 늦봄이었지만 산속의 해는 더욱 빨리 진다는 것을 개구리들은 알 턱이 없었다. 거친 오르막이 지속될수록 10킬로그램에 달하는 배낭의 무게에 어깨를 짓눌린 친구의 입에서는 거친 숨소리가 신음소리와 함께 섞여 나왔다. 그런 그 애를 보니 나까지 힘에 부쳤다.

더구나 산행을 시작한 지 한 시간 남짓 했을 때 뜻밖의 일행이 따라 붙기 시작했다. 들개 두 마리였다. 놈들은 늑대인지 들개인지 헷갈릴 정도로 덩치가 컸고 눈빛은 거칠었다. 놈들은 다행히 우리와 2미터 간격을 두긴 했지만 30분 넘게 따라붙고 있었다. 무엇을 원하고 따라오는지 도무지 알 수 없는 일이었다. 우리는 졸지에 설악산이란 거대한 세상으로 발을 막 뗀 서울 쥐가 되어 있었다. 궁박한 서울 쥐들은 늑대들의 레이더에 발각된 들쥐마냥 우왕좌왕했다.

설악산은 그가 갖고 있는 명성과 유려함의 선입견만으로도 접근하기에 만만치 않은 산이었다. 올라가면 올라갈수록 비탈과 바위뿐이었다. 무엇이든 큼직큼직하고 웅장했다. 커다란 폭포에서 쏟아지는 물줄기는 위압감을 줄 뿐이었고 계곡은 계곡이 아니라 강줄기였다. 그런 설악산을 단 하루 만에 정복해보겠다고 덤볐던 것이 친구와 나의 무지와 오만에 불과했다고 판단하고 인정하는 건 시간이 오래 걸리지도 어렵지도 않았다. 그럼에도 불구하고 되돌아서 하산하는 것을 원하지 않는다는 점은 공통된 의견이었다. 첫 일정부터 중도 포기를 하게 되면 야심차게 계획한 3박 4일의 여행 모두가 어긋나버릴 것만 같았기 때문이었다. 한 시간 남짓 힘겨운 산행을 이어가고 있을 때 뜻밖의 귀인이 우리를 기다리고 있었다.

여자들의 여행 수다

그들은 산 초입에서 조우했던 강릉대학교 ROTC생들이었다. 학생들은 20대 초반의 우리 또래로 보였고 훈육관은 젊은 남자였지만 기혼자 같았다. 학생들은 훈육관의 지시에 따라 우리들을 기다리고 있다가 우리들의 배낭을 들어주며 함께 산행에 나설 것을 제안했다. 우리들은 얼떨결에 그 제안을 받아들였다. 겉으론 마지못한 듯한 액션을 취했지만, 내심 두렵고 지친 우리에게는 '웬떡!'이었다.

처음부터 우리들의 민폐는 시작되었다. 친구의 배낭을 자발적으로 메어준 학생은 친구와 별로 체격 차이도 나지 않는 왜소한 남자였다. 그는 가벼운 자신의 배낭을 앞에 메고 무거운 친구의 배낭을 뒤로 멨다. 친구의 배낭 무게를 익히 알고 있는 나로서는 그의 체력과 젊음이 감탄스럽기만 했다. 내 배낭 역시 누군가가 들어주겠다고 했지만 극구 사양했다. 나약한 여성으로 보이고 싶지 않다기보다 그들에게 정말 미안했다. 등에 멘 배낭만 없다면 찌그러진 개구리가 아니라 설악산 다람쥐가 되어 그

깟 산쯤이야 손쉽게 날아다닐 것 같았지만, 내 몸 편하자고 남에게 민폐를 끼치고 싶지 않았다. 친구의 배낭을 대신 메주는 것만으로도 정말 미안하고 고마운 일이었다. 배낭을 짊어지고도 나는 학생들의 대열에 뒤처지지 않기 위해 고군분투를 해야 했다. 학생들에게는 설악산 등반이 단순 산행이 아니었다. 훈련의 일환이었다. 산을 오르는 학생들의 보폭은 넓었고 속도는 가열 찼다. 학생들의 일정이 우리 때문에 차질이 생겨서는 안 된다고 여겼던 나는 그들과 속도를 맞추기 위해 없는 날개라도 만들어야 할 지경이었다. 황새들을 쫓아가다 가랑이 찢어진 뱁새가 되고 싶지 않았던 나는 그악스럽게 황새걸음을 흉내 내야 했다. 그때 나는 정신의 힘이 육신의 힘을 이길 수 있다는 깨달음을 얻었다. 그 정신의 힘은 결국 거창한 설악산 등반이 아니라 우리를 도와주는 호의에 대한 고마움과 미안함이었다.

남학생에게 배낭을 맡기고도 친구는 한참을 뒤처졌다. 그런 그녀의 친구로서 나는 앞에서 끌어주고 뒤에서 밀어주며 대열에서 낙오된 처지를 독려하고 저질 체력을

여자들의 여행 수다

함께 안타까워해주어야 했지만 아쉽게도 나는 그렇게 하지 못했다. 황새들의 걸음을 흉내 내며 겨우겨우 쫓아가고 있었던 뱁새의 처지로 누구를 챙기고 보살펴줄 여력 따윈 내게 남아 있지 않았기 때문이었다. 나는 의리와 우정, 측은지심, 태평양같이 넓은 마음 등 아름다움을 상징하는 단어들은 당분간 한쪽에 밀어두었던 나쁜 마음 서랍에 고이 넣어두기로 했다. 자연, 친구를 챙기는 쪽은 훈육관의 차지가 되고 말았다. 갈수록 체력이 소진된 친구와 그녀를 챙기는 훈육관은 자연스럽게 몇 킬로미터 뒤처지게 되었다. 그 덕분에 나와 학생들은 중간중간 두 사람을 기다리느라 20~30분의 휴식시간을 갖게 되었다.

우여곡절 끝에 일행이 소청봉 산장에 도착했을 때, 해는 완전히 진 후였다. 강릉대 일행은 우리를 소청봉 산장에 안전하게 입실시켜준 후에 중청봉 쪽으로 어두운 산길을 헤쳐 올라갔다. 중청봉 인근에 텐트를 치고 야영하는 것이 그들의 일정이었는데 우리 때문에 한참 늦어지게 된 것이었다. 우리는 겨우 라면이나 끓여 먹고 잠을 잤지만 그들은 라면도 제대로 끓여 먹지 못한 채 텐트만 겨우 치고 잠에 빠져들었다고 했다. 괜스레 우리가 섞여 들어 민폐만 끼친 것 같아 정말 미안했다.

산행은 인간의 마음에서 여유와 너그러움을 이끌어내는 묘한 매력이 있다. 하지만, 우리를 도와준 강릉대생들과 훈육관의 친절이 간단한 너그러움과 여유에서 나온 행동만은 아니었을 것이다. 그 감정에는 그들의 보호 본능과 책임감, 정의감이 더해졌을 것이다. 당시 훈육관의 눈에 친구와 나는 어리바리하고 위태로운 초보 산행꾼으로 보였을 것이다. 두 어린 여학생들이 험난한 산행을 하다가 중간에서 길을 잃거나 해가 지는 등의 변수로 인해 커다란 낭패를 당할 수도 있다는 생각을 경험으로 알았던 그는 학생들과 함께 동행인이 되어주어야겠다고 판단했을 것이다. 누구든 그런 판단이 들어도 번거롭고 귀찮은 면이 있어 관여할 바가 아니라고 여기고 지나칠 수 있을 것이다. 하지만 그분들은 우리가 산장에 도착할 때까지 함께 길을 가는 것을 포기하지 않았다. 당시에도 고마운 마음이 있었지만 오랜 세월이 지나 내가 아이들을 가

여자들의 여행 수다

르쳐본 경험이 쌓여서 다시 깨닫게 된다. 그때의 훈육관은 진정한 교육자였다. 그의 행동은 단순하게 두 여성을 산행에 동행하고 보호하는 차원을 넘어 혈기왕성한 남학생들에게 힘을 가진 자가 올바르고 진정하게 힘을 쓸 수 있는 방법을 몸소 가르치려 한 것이 아니었을까.

소청산장에서 안락한(?) 밤(사실 너무 피곤해서 악몽을 꾸기도 했다)을 보낸 후 우리는 아침 일찍 밥을 해 먹고 소청에서 멀지 않은 정상인 대청봉에 오를 수 있는 영광을 갖게 되었다. 초췌한 몰골로 우리보다 조금 늦게 정상에 도착한 강릉대생들과 다시 조우하게 되었다. 그래도 하루 사이에 악산(惡山)을 함께 등정하며 생사고락을 같이한 정이라도 생겼는지 정상에서 재회한 우리는 서로 반가워했다. 그들과는 또다시 일행이 되어 앞서거니 뒤서거니 함께 하산했다.

3박 4일의 여행 일정을 무사히 마치고 서울로 돌아온 우리는 그들의 보은에 보답할 일에 골몰했다. 여러 선물이 대상 목록에 올랐지만 나의 강력한 주장으로 책이 낙

찰되었다. 물론, 독서를 즐겨하지 않아 책 선물을 부담스
러워하는 사람도 있을 테지만 일단 보내기로 했다. 우리
는 아름다운 사람들에게 어울리는 아름다운 마음을 담은
시집을 고심해서 골랐다. 시집 꾸러미를 들고 우체국으
로 향하는 우리들의 마음은 왠지 들떴다. 우리의 손을 떠
난 시집이 강원도의 한 학교에 도착하는 장면을 상상하
는 것만으로도 설레었다.

　책을 보내며 내 마음은 이미 털털거리는 시외버스가
데려다주었던 백담사 정류장에 도착해 있었다. 나는 다
시 설악산에 오른다. 이번에는 단출한 배낭을 메고서였
다. 산과 함께 몇천 년의 세월을 생멸하며 버텨온 풀, 나
무, 바위들은 넉넉한 품을 열어 환영해주었다. 그 거대한
산의 품속에서 나는 하찮은 개미가 되어갔다. 개미가 된
나는 열심히 풀과 나무를 기어오르고 바위 밑에 집을 짓
고 커다란 먹이를 이어 날랐다. 나는 점차, 설악산의 한
부분이 되어갔다.

　어떤 여행이든 마냥 즐거운 일만 생기는 것은 아닐 것
이다. 때론 예기치 못하게 고단하고 지난한 일들이 발생

될 때도 있다. 비록 죽을 고생을 시킨 설악산이었지만, 아름다운 풍경과 사람들을 보여준 것만으로도 내겐 감사하고 충만한 여정이었다. 더구나 남은 생에 두고두고 추억을 열어볼 수 있는 추억상자를 얻었다면 충분한 선물을 얻었다고 볼 수 있을 것이다.

여름휴가

아버지가 불현듯 정한 휴가지
는 속초였다. 부부끼리 단둘이서만 보내기 위한 여름휴
가였다. 아버지는 속초를 방문해본 적이 있지만 그것은
순전히 일 때문이었다. 수목을 보기 위해 전국 방방곡곡
을 안 다녀본 곳이 없는 아버지였다. 속초도 몇 번 가보
았다. 똑같은 소나무 품종이어도 바닷가에서 해풍을 맞
고 자란 소나무는 확연히 달랐다. 이름 없는 해변에서 용
이 승천하는 듯한 소나무의 뒤틀어진 가지에 아버지의
입은 벌어졌지만 순전히 그것은 상품가치로서의 감탄이
라고 볼 수 있었다. 사전에 통보하지 않은 휴가 제안은

여자들의 여행 수다

엄마에게는 서프라이즈처럼 갑작스러운 것이었다. 역시나 세상사의 모든 재미를 밭에서 찾는 엄마는 아버지의 서프라이즈에 놀란 척하는 최소한의 리액션조차도 보이지 않았다.

낮일을 마치고 물 만 밥에 밭에서 막 딴 풋고추와 햇된장으로 늦은 점심을 해결한 엄마는 아버지의 갑작스런 제안에 웬 휴가냐고 성화를 부렸지만 결국 호미를 밭에 던지고 함께 길을 나섰다. 허름한 평상복 차림의 두 부부는 마치, 거래처에 미수금을 받으러 가는 것처럼 피로하고 담담한 표정이었다.

조경업을 하셨던 부모님은 항시 나무 속에 묻혀 사셨기 때문에 여름이면 우거진 나무가 선사하는 그늘과 경치만으로도 충분한 휴식이 될 수 있다고 강조하셨지만 일터에서는 죽었다 깨어나도 휴식이 될 수 없다는 것을 간과하신 편견일 수밖에 없었다. 어느 날의 아버지는 그 편견에 생긴 균열을 간파했는지 아니면 인생사 덧없다고 느끼셨는지 갑자기 조경일과 밭일로 눈코 뜰 새 없이 고단한 엄마의 손을 잡고 속초행 고속버스에 몸을 실었다.

장마가 막 끝난 후, 한반도가 땡볕에 이글이글 녹아내리던 복중이었다.

중노인이 다 된 아버지 곁에 쭈그려 앉아 속초행 버스를 기다리는 엄마의 머릿속에는 여러 가지 걸리는 것들이 많았다. 제 오빠들 밥은 어련히 알아서 잘 챙겨줄 막내딸이 있지만 당신이 며칠 떠나 있는 동안 금쪽같은 두 아들의 끼니가 걱정이었고, 뽑아도 뽑아도 우후죽순 솟아나는 웬수 같은 여름 밭의 피들과 노루, 너구리, 들쥐, 진딧물 등 각종 궁귀들로부터 자식 같은 밭 농작물을 지켜야 하는 일도 염려스러운 부분이었다.

엄마의 그런 습성을 40년 가까이 살면서 모를 리 없는 아버지였지만, 여행은 때로 즉흥적인 면이 필요하다는 것을 누구보다 잘 알고 있는 그였기에 박력 있는 손길로 엄마의 거친 손목을 붙잡아 끌었다.

남자의 박력은 때로 굉장한 손실을 초래하기도 하지만 역으로 무한한 감동과 창조를 이룩할 때도 있다. 엄마는 두고두고 그 여행지의 일을 기억한다. 아버지가 황망하게 이별을 고하고 홀로 떠난 지 십 년이 넘도록 매년

여자들의 여행 수다

이신자 _ 여름휴가

여름이면 그 여행을 추억한다. 자식들이 적금을 부어 칠순 기념으로 보내준 부부 동반 제주도 여행보다, 온 가족이 떠난 3월의 설악산에서 때 아닌 함박눈을 보았던 추억보다, 두 딸과 함께 난생 처음 밟았던 중국 땅에서의 추억보다 남편 사후 아들, 며느리, 손자와 함께했던 강원도 여행보다 엄마는 아버지와 단둘이 떠났던 그 여름휴가를 두고두고 추억했다.

내가 들었던 그 여행은 결코 화려하고 사치스러운 여행이 아니었다. 두 분은 집을 나온 가난하고 어린 연인처럼 쌀 한 됫박을 팔아 바닷가의 허름한 민박집에 방을 얻었다. 어린애가 딸린 젊은 부부가 운영하는 민박집이었는데 말 그대로 휴가철 피크에만 운영하는 오리지널 민박집인 것 같았다. 밖에서 일을 하고 들어온 젊은 부부는 노부부 손님이 내민 쌀 한 됫박으로 밥을 짓고 애호박을 무치고 검은 깨를 뿌린 시원한 지하수에 오이지를 송송 썰어 동동 띄우고 한철에 손질해서 냉동실에 보관해두었던 고등어자반을 특별히 구워 민박 손님과 한 상에 둘러앉아 저녁밥을 먹었다. 엄마는 어촌의 젊은 아낙이 차린

소찬 중에 애호박무침을 으뜸으로 쳤다. 노부부는 시장기보다 타지에서의 낯섦과 긴장감을 떨쳤다는 이상한 충만감으로 두 그릇씩 밥공기를 비운다. 여행 경험이 많지 않은 엄마가 여행지에서의 낯섦과 불편함을 벗어버릴 수 있었던 것은 친근한 애호박무침 때문이 아니었을까 생각한다.

노부부가 그 여름휴가지에서 가장 으뜸으로 쳤던 것은 복중 더위를 한순간에 날려주었던 속초 바닷가의 웅장함이 아니었다. 시내 재래시장의 허름한 백반집에서 들었던 한 끼 밥이었다. 엄마는 가격도 저렴하고 음식도 맛깔났던 그 백반집을 두고두고 칭찬했다.

하지만 나는 굳이 엄마가 말하지 않아도 가슴속에 묻어둔 말을 간파하고 만다. 엄마가 그 여행에서 으뜸으로 쳤던 젊은 아낙의 맛깔난 애호박무침보다, 시내 재래시장 백반집에서 맛보았던 청국장과 생선조림보다 더 좋았던 것이 무엇인지 나는 안다. 그 여행지에서 항시 느껴졌던 든든하고 따뜻한 아버지의 체온이 아니었을까. 엄마 곁에 있던 아버지의 따뜻한 마음과 사랑의 기운은 소박한 애호박무침도 환상적인 맛으로 변화시켰고 생면부지의 가족들이 운영하는 조촐한 민박집의 건넌방도 일류 호텔 부럽지 않은 방으로 보이게 했으며 재래시장 백반집에서 배를 채워준 저렴한 청국장찌개와 생선조림을 찬란한 성찬으로 만들어주었던 것이다. 어느 누구도 그 여름휴가지에서 엄마가 느꼈던 행복감을 대체해줄 수 없다는 것을 나는 안다.

나는 사실 해마다 여름휴가를 가지 않는다. 물론, 어릴 적에는 꼬박꼬박 여름휴가를 챙겨 갔던 시절이 있었다. 나름대로 여름 휴가지에서의 추억도 많고 잠시 스쳤던 인연들에 대한 기억도 많다. 하지만 지금은 여름휴가에 대한 계획이 전혀 없다. 주변에서는 너나없이 여름휴가를 떠나지만 흉내 내듯 덩달아 가고 싶은 마음은 없다. 이유는 여러 가지가 있겠지만 간단히 정리한다면 복중 더위를 피해 떠나온 군상들 속에 나 한 사람을 더해 그 팽배한 더위를 부채질하고 상식 밖의 바가지요금에 타지에서의 서러움을 더하여 돈 쓰고 스트레스 받는 짓을 더 이상 하고 싶은 마음이 없기 때문이다. 남들 다 하는 것

여자들의 여행 수다

은 나도 해야 한다는 성정이 있어서 특별한 동기 없이 나도 따라하지 않으면 왠지 초라하고 불안해지는 것 같은 마인드를 지닌 것도 아니기 때문에, 주변의 여러 사람들이 저마다씩 여행을 떠나도 굳이 휩쓸려 떠나고 싶은 마음은 더더욱 없다.

하지만, 떨쳐버릴 수 없는 아쉬움이 하나 있는 것은 어쩔 수 없다. 홀로 남은 노모에게 또다시 선사하고 싶은 여름휴가의 추억이다. 비록 아버지가 주었던 소박한 낭만과 멋진 추억은 결코 줄 수 없겠지만 딸로서 줄 수 있는 여유와 편안함을 한 번도 주지 못하면 나는 두고두고 후회할 것 같다.